PAPE-LARE

Mercredi 28 août 2019

EMILE ROUBET

ET

LE CORBEAU DE TINTOUIN

Catlaine KITTEN

Titres parus en auto-édition

de Catlaine Kitten

Petite Grenouille

de Catlaine Kitten et Mélody Rock

Arsenic et Dentelle – Recueil de Nouvelles – T. 1

de Mélody Rock

Secrets de sang

Mais qui peut utiliser cette presse d'imprimerie pour diffuser les lettres du corbeau ? Voilà l'excellente question que se pose le journaliste Emile ROUBET, connu des Avignonnais, et surtout, comment est-il possible d'y avoir accès dans ce musée fermé depuis plusieurs années ?

Emile ROUBET est un jeune homme rouquin, son visage est parsemé de taches de rousseur, ce qui lui vaut le surnom de Milou à la Houppe - en référence, vous l'aurez compris, à Tintin, le journaliste et Riquet à la Houppe, pour la coiffure - il signe d'ailleurs ses articles de ce pseudonyme. Il est chargé personnellement de la rubrique régulière dite « des chiens écrasés » - il faut bien apprendre le métier - mais rêve d'investigation. Comme la patience n'est point son fort, en parallèle avec son gagne-pain, il se saisit de toutes les intrigues qu'il est à même de traiter. En particulier celles qui n'intéressent pas grand monde, mais qui sont tout de même curieuses.

Il est certain qu'une lamentable histoire de corbeau, ça ne rameute pas les foules et surtout pas celles d'Avignonnais qui ne se préoccupent absolument pas de ce qui se passe dans un village perdu au fin fond de leur département.

Revenons à notre presse et au musée ; à dire vrai, Emile n'a pu rentrer dans le conservatoire, mais il a effectué des recherches et obtenu quelques exemplaires disponibles, sortis de ladite presse, afin de les comparer avec les copies des lettres du corbeau.

Comment a-t-il pensé tout à coup à cette prodigieuse machinerie, me demanderez-vous ? Et surtout, qui est le corbeau ?

Patience.

Table des matières

« VOUS APPRENDREZ CHER MONSIEUR QUE MADAME VOTRE BELLE-SŒUR NE DIT PAS TOUJOURS LA VERITE » -1-

La première lettre du corbeau a été adressée à un honorable citoyen du paisible village de Tintouin situé dans le Vaucluse. Malgré son nom évocateur, cette coquette commune de quelques dizaines d'habitants, une centaine tout au plus, n'a jamais fait parler d'elle ou presque.

Comme toute lettre anonyme qui se respecte, elle est écrite avec des caractères grossièrement découpés dans des journaux et dénonce les agissements douteux d'une tierce personne, jusque-là rien de plus classique. Néanmoins, dans ce cas précis, l'accusation fallacieuse n'est justement pas très précise, en voici le texte :

« Vous apprendrez cher Monsieur que Madame votre belle-sœur ne dit pas toujours la vérité »

Vous avouerez volontiers que tout le monde ment, volontairement ou pas, donc qu'y a-t-il d'extraordinaire ? Cependant, pour le destinataire, savoir que tout un chacun peut aisément raconter des histoires et lire une telle allégation à l'encontre d'un individu que l'on connaît personnellement, c'est différent.

Et puis à proprement parler, la lettre n'affirme pas que la belle-sœur fabule, mais qu'elle "ne dit pas toujours la vérité". Si l'on accepte de se pencher sur la question, ce n'est pas la même chose, cela sous-entend que ce n'est pas occasionnel, qu'elle ment régulièrement pour dissimuler un effroyable secret ou qu'elle ment pour tout et pour rien. C'est là que le doute s'installe sournoisement et que le Monsieur s'interroge. Va-t-il montrer ce courrier indésirable et à qui ? Son frère ? Sa belle-sœur ? Il décide prudemment de le ranger dans un tiroir et de se laisser le temps de la réflexion.

Tintouin est une charmante localité médiévale, comme il en existe beaucoup en France. Situé sur une butte, tout au bout d'une route sans issue, Tintouin n'est fréquenté que par des gens respectables qui viennent visiter leur famille ou leurs amis, pas de touriste ici. Ceux qui vivent là aspirent à la tranquillité, il n'y a pas d'école, mais une église ouverte habituellement un dimanche par mois. Le curé qui y officie demeure à 30 kilomètres du bourg et effectue régulièrement sa tournée en visitant chaque week-end deux paroisses afin que les ouailles aient la possibilité de se confesser et de commettre le péché de commérage mensuel. A vrai dire, elles ne sont pas si nombreuses, toutefois l'une d'elles invite immanquablement Monsieur le Curé à partager sa table et sa bouteille, avec modération, bien entendu. Une boulangerie-épicerie-poste-bar-restaurant… et parfois psychologue pour ne pas dire psychothérapeute - enfin, pseudo-ce-que-je-viens-d'écrire évidemment, personne ne prétend être docteur ni pharmacien ici - est ouverte sur la grand-place sept jours sur sept.

***

Ce jour-là, Emile doit théoriquement réaliser un reportage dans un loto organisé par une association bénévole venant en aide aux personnes âgées dépendantes. Après avoir écrit un papier pour signaler l'événement, il est tenu de rédiger soigneusement un compte-rendu sur le déroulement exact du jeu. La gagnante, une jeune femme brune, plutôt mignonne, rappelle à Emile une amie d'enfance.

« Bonjour Mademoiselle, je travaille pour un journal de quartier, "Le Pape-Lare". Accepteriez-vous de répondre à quelques questions ?
- Emile ? » demande l'aimable demoiselle en souriant.

Devant son expression interrogative, elle enchaîne.

« Tu ne te souviens pas de moi, Lise, nous étions ensemble à l'école primaire.
- Naturellement, que je me souviens parfaitement, mais je... ne... savais pas si toi, tu... bredouille-t-il, elle s'amuse de son embarras. Excuse-moi, j'ai l'air ridicule, ajoute-t-il en se grattant la tête.
- Tu es trop mignon, se moque-t-elle, il rougit. J'accepte avec plaisir.
- Quoi donc ?

- Ton interview voyons. » réplique-t-elle en prenant une intonation snobinarde.

Ce qui le met davantage mal à l'aise, elle rit à nouveau.

« Suis-moi, nous allons au bistrot d'en face, ce sera plus sympathique. »

Lise est pétillante et c'est en cela que réside tout son charme ainsi que dans ses yeux, à la teinte violette, qu'elle ne maquille jamais sauf pour Halloween. Elle ne répond pas aux critères de beauté actuels ; rondelette, de taille moyenne, très à l'aise avec son corps voluptueux, elle s'habille de façon originale. Elle chine ses tenues dans des boutiques vintages, des vide-greniers et les associe généralement à des pièces plus modernes achetées de préférence sur un site d'occasion entre particuliers. Sans se revendiquer écolo, elle aime particulièrement donner une seconde voire une troisième, une quatrième vie – et plus, aux choses. C'est ainsi que son logement est un véritable capharnaüm d'objets hétéroclites, parfois inutiles, dont l'esthétique ou l'aspect insolite provoquent des "Oh" ou des "Ah" d'horreur ou d'interrogation. Aurélie dirait "cabinet de curiosité" avec une intonation pointue typiquement parisienne.

Emile suit Lise qui s'installe sans façon à la petite terrasse de son quartier général, commande d'autorité deux cafés liégeois et un verre d'eau. Lorsque le serveur lui apporte les collations, elle s'adresse à Emile en attaquant allègrement la chantilly parsemée de pépites de chocolat.

« Tu n'as rien commandé ? face à son air perplexe, elle ajoute en riant, tu croyais que j'avais commandé pour nous deux ! Je suis très gourmande, comme tu peux, sans peine, le constater, sa main frôle sa taille et ses hanches, et je considère qu'il n'y a jamais assez de crème fouettée sur le café.

- Pourquoi ne réclames-tu pas juste un supplément ?
- C'est que finalement, j'aime beaucoup le café aussi. Qu'est-ce que tu veux boire ?
- Un thé citron, s'il vous plaît, dit-il en se tournant vers le serveur qui attend patiemment, son plateau à la main.
- Un thé citron !? interroge la jeune-femme.
- Qu'est-ce que tu veux ? C'est mon côté anglais. » soupire-t-il en adoptant un léger accent.

Ils finissent naturellement par se raconter leurs parcours, oublient le loto et échangent leur 06 en promettant de s'appeler bientôt tout en s'embrassant sur les joues comme de vieux amis.

Emile rentre chez lui, un modeste appartement au décor suranné, il a conservé le mobilier fonctionnel de sa grand-mère et n'a pas osé changer le papier peint aux fleurs fanées ni les rideaux défraîchis, mais propres, Emile est un brin maniaque comme le prouve l'odeur de détergent qui flotte dans l'atmosphère. Il pose le cartable en cuir souple de son grand-père sur la table pour en extraire ses notes et soudain réalise qu'il a totalement oublié d'évoquer le sujet de son article avec Lise. Il saisit son téléphone portable, l'un des rares objets modernes qu'il possède avec son précieux ordinateur, puis se ravise. Il ne souhaite pas paraître empressé ; il l'appellera demain quitte à se faire hurler dessus par son rédac-chef. Pour l'heure, il choisit un vinyle, le dépose délicatement sur la platine et prépare son repas en écoutant la bande originale de Moulin Rouge, sa comédie musicale préférée, il est convaincu que Lise doit l'adorer.

« TU DOIS ARRETER TES PETITS TRAFICS, SINON... » -1-

A plus de 70 kilomètres de là, au fin fond du Vaucluse, Tintouin est le théâtre d'une soudaine altercation entre Monsieur le Maire et l'unique commerçant du lieu.

« Tu dois impérativement diligenter une enquête, Monsieur le Maire ! Cela fait deux jours qu'un petit malin s'amuse à bloquer l'entrée de ma boutique avec des jardinières !
- Qu'est-ce que tu veux que j'y fasse !? Je n'ai pas de détective sous la main !
- Démerde-toi comme tu veux, mais résous-moi ce problème !
- Tu ne veux tout de même pas que j'installe une caméra en face de chez-toi !
- Ah ben ça alors, y manquerait plus que tu m'espionnes !
- Allons, allons, messieurs ! Voyons, vous n'allez pas gâcher une amitié de 30 ans pour si peu ! »

Des villageois bienveillants s'affairent à déplacer les jardinières et à les lester suffisamment pour que l'on ne puisse plus les déloger, enfin chacun s'en retourne à son domicile.

Monsieur le Maire rentre prestement chez lui en se grattant la tête puis le menton, que se passe-t-il ici ?

D'abord la lettre accusatrice d'un corbeau, maintenant le blocage de l'épicerie. Tout ceci le laisse perplexe.

Le lendemain, Dominique le boulanger-épicier-postier-limonadier… entre furieux dans le vaste bureau de Patrick, Monsieur le Maire, en brandissant une banale enveloppe

« Qu'est-ce que c'est que ça encore !?
-     Tu vas peut-être me le raconter, étant donné que je ne suis pas devin !
-     Une lettre anonyme ! rugit Dominique.
-     Encore une, murmure Patrick in petto.
-     Qu'est-ce que tu as dit ? Il y en a une autre ?
-     Euh… non, pas du tout… je voulais simplement dire : encore une réclamation… parce que hier…
-     On se connaît tous dans ce village, qui peut s'en prendre à moi ?
-     Calme-toi, assieds-toi et montre-moi cette maudite lettre. »

Dominique s'exécute à contrecœur, Patrick remarque que les caractères sont à nouveau découpés dans un journal, mais en couleur cette fois, comme celles des prospectus publicitaires, cependant son expertise s'arrête là, la menace paraît claire.

« Tu dois arrêter tes petits trafics, sinon… »

« Qu'est-ce que ça veut dire ? Tu traficotes ? Tu manigances ?
-     Mais non, c'est rien du tout, répond sèchement Dominique soudain mal à l'aise. Tu ne vas pas

croire un corbeau quand même ! Allons ! Finalement, ce doit être une mauvaise blague. »

Dominique tend la main pour récupérer son courrier, Patrick, plus prompt, le range sans attendre dans son tiroir.

« Je préfère la garder, on ne sait jamais. Va ouvrir ta boutique, il commence à y avoir la queue devant chez toi. »

Le bureau de Monsieur le Maire se situe sur la place centrale en face du magasin et, de sa fenêtre, Patrick peut voir la devanture et les chalands qui patientent pour effectuer leurs achats.

« Il n'y a jamais eu autant de monde d'un coup, murmure Dominique, tous des curieux et des vautours. »

***

Lise chantonne joyeusement en s'apprêtant devant le miroir ; Emile l'a appelée pour l'interviewer au sujet du loto après s'être fait copieusement enguirlander par son rédac-chef.

« Je comptais sur toi pour remplir la case de la page sept ! Je vais devoir ressortir une vieille info des archives des articles jamais parus ! A quoi tu pensais !? »

Emile ne lui a pas expliqué que sa charmante gagnante s'avérait bien trop charmante pour songer à parler de sa chronique.

« Je m'arrange pour la voir aujourd'hui, et je vous prépare ça pour la prochaine édition. » assure-t-il.

Et c'est le sourire aux lèvres qu'il contacte Lise qui accepte volontiers de déjeuner avec lui ; au demeurant, cela l'arrange, elle doit faire une course dans le quartier historique, elle en profitera pour prendre sa pause un peu plus tôt.

Ils prennent place à la terrasse d'une pizzeria ; après avoir étudié savamment le menu, ils commandent une reine, une quatre-saisons, un Perrier rondelle et un jus de pomme.

« Comment en es-tu venu à participer à ce loto ?
- J'accompagnais ma grand-mère qui est membre de l'association organisatrice. J'adore les lotos, il y règne une ambiance conviviale, on rencontre généralement les mêmes personnes et l'on finit par se faire des amis. Le premier prix ce dimanche était un soin en institut pour deux. Je le lui ai offert et elle ira avec sa meilleure amie.
- J'ai du mal à t'imaginer tous les dimanches au milieu de tous ces gens.
- Je ne fais pas cela chaque semaine, à peu près quatre fois dans la saison.
- Lorsque tu n'es pas occupé à cette activité, que fais-tu de ton temps libre ? s'intéresse Emile.

- Le cinéma, les brocantes et vide-greniers – je vends et j'achète, la lecture, les escapes, les balades en forêt…
- Tu es hyperactive dis donc !
- J'ai tellement peur de m'ennuyer et puis je crains de ne pas être en mesure de réaliser tout ce dont je rêve par manque de temps.
- Pourtant, il reste agréable de se détendre en écoutant un bon morceau de musique ou même dans le silence pour se ressourcer.
- Et toi ? demande à son tour Lise.
- J'adore résoudre des mystères, répond-il sur un ton énigmatique
- Tu devrais aimer les escapes alors.
- Certainement
- A la prochaine, je t'envoie une invite.
- Pourquoi pas. »

Tout en discutant gaiement, ils ont dévoré leurs pizzas. Emile a encore des questions, néanmoins, il préfère nettement les garder pour un prochain rendez-vous. Après un café mousseux pour Lise et un thé pour Emile, ils se séparent en se promettant de se revoir très vite.

***

A Tintouin, on organise la fête nationale. Patrick a commandé deux manèges et une pêche aux canards pour les enfants. Parmi les habitants, Alain le guitariste, Guitou le violoniste, Armand l'accordéoniste, Sheila la pianiste et enfin Lily et Suzette les chanteuses, tous amateurs, mais plutôt bons musiciens à leurs heures perdues, animeront la soirée. Du bal musette aux années quatre-vingt voire quatre-vingt-dix, leur répertoire éclectique est très fourni.

C'est sans conteste le seul jour de l'année, avec le 15 août, où l'on accepte les étrangers et quand on dit étrangers cela commence par ceux qui vivent à la sortie du village pour s'arrêter aux fins fonds de l'univers mis à part ceux qui font partie de la famille ou des amis.

Dominique sort les tables de son restaurant pour les installer en U sur la place, il n'y aura qu'un simple menu : planches de charcuterie en entrée avec un petit verre de kir pour ne pas saouler avant le début des festivités, daube-polenta en plat principal – saucisses-frites pour les enfants – accompagné d'eau, jus de fruits, sodas pour ne pas saouler pendant les festivités, tiramisu ou tarte aux pommes pour le dessert avec un petit digestif pour ne pas saouler à la fin du repas. En fin de journée, tout est prêt pour la fête estivale qui aura lieu le lendemain.

Pourtant, au petit matin, le paisible village se réveille sens dessus dessous, l'ensemble des villageois est réuni dans le bureau du maire qui déborde de gens par les fenêtres et par l'unique porte. Tout le monde parle en même temps, crie au scandale, accuse injustement son voisin indélicat ! Mais que s'est-il donc passé ?

« Mon rosier est cassé ! crie une femme.

- Notre pelouse a été piétinée ! s'insurge un couple de vieux ronchons.
- Je ne peux plus sortir la voiture du garage ! hurle un papa.
- Taisez-vous ! » vocifère le maire sans être entendu.

On se croirait au sein d'un village d'Armorique, connu de tous ; Domi, l'énergique femme de Dominique, siffle entre ses deux doigts et obtient enfin le silence.

Les tables et chaises installées la veille pour le banquet ont été disséminées dans toutes les rues et les jardins de la petite commune.

« Cessez de vous chamailler, nous allons annuler la fête ! » annonce Patrick.

Des "bravos" et des "non" se font entendre.

« Réunion du Conseil municipal ! Tout le monde dehors ! Pas vous ! Espèces de cornichons ! »

Dominique, Alain, Suzette et Monsieur le Maire s'enferment dans le bureau tandis que le reste de la populace attend impatiemment sur la place le verdict. Tout le monde est à même de discerner, par la fenêtre demeurée grande ouverte, les chamailleries de ces quatre compères.

« Tu ne peux pas nous faire ça, rouspète Dominique. Il en va de notre chiffre d'affaires !

- Cela fait des semaines que nous répétons, semblent chanter Alain et Suzette. Et puis nous avons investi dans du nouveau matériel.
- Un ton plus bas, leur intime Monsieur le Maire de toute son autorité. Ils nous entendent, la fenêtre est restée ouverte. » chuchote-t-il.

A dire vrai, aucun d'entre eux ne veut annuler la fête, ils se sont épuisés à la préparer depuis des jours. Sans surprise, Patrick s'adresse solennellement à ses administrés.

« Nous avons voté, le gala est maintenu, l'annonce est accueillie par des applaudissements. Nous vous demandons à tous de ramener tables et chaises. Merci ! »

Tandis que chacun mène à bien sa mission, Dominique prend Patrick en aparté.

« Nous devons enquêter. Il se passe des choses décidément bizarres ici.
- J'appelle mon neveu.
- Il est gendarme ?
- Non, journaliste
- Pourquoi faire ? Il va ameuter tous les Vauclusiens.
- Ce n'est pas pour faire un article, mais pour enquêter, il est investigateur, précise Patrick avec emphase.
- Bon d'accord si tu es sûr que l'on peut compter sur sa discrétion »

Emile prend son copieux petit-déjeuner ; des œufs brouillés, un toast, un thé et des fruits tout en planifiant sa journée. Il a prévu d'entraîner Lise dans une balade en forêt et un déjeuner sur l'herbe. Il dépose délicatement dans son panier une salade, des tranches de rosbif, un fromage, des biscuits au gingembre et à l'anis, une bouteille d'eau et une bouteille de cidre – le seul alcool qu'il s'autorise. Ils achèteront du pain frais tout chaud en partant et un ou deux croissants pour la route.

Il enfile une chemise à manches courtes lorsque son téléphone se met à vibrer, Emile fait la grimace en voyant le nom s'afficher. « Maman pas maintenant » soupire-t-il, il hésite puis décide de ne pas décrocher, elle laissera un message. Effectivement, le "bip" caractéristique se fait entendre rapidement, le sujet doit être bref.

Emile fourre son mobile dans sa poche, visse une casquette à carreaux aux couleurs pastel sur sa tête, saisit son pique-nique. Après un dernier tour d'horizon de l'appartement, il sort de chez lui satisfait, le sourire aux lèvres.

« Bonjour Emile ! Tu as l'air d'excellente humeur ce matin !? demande sa voisine sympathique, mais trop curieuse.
- Bonjour Madame Lambert ! » lui lance Emile en pressant le pas vers sa voiture d'un bleu nuit pailleté dont il ne se sent pas peu fier.

Là encore, il a cédé aux sirènes de la modernité et un tantinet à son côté écolo, il possède une « full hybrid » ; contre le tout électrique, il est conscient que l'énergie fossile exclusive ne semble pas non plus une solution satisfaisante, mais un mix des deux lui parait raisonnable. Même si le véhicule revenait légèrement plus cher à l'achat, il économise suffisamment sur le carburant.

Une fois assis derrière son volant, il appuie sur le bouton de démarrage et commence à manœuvrer lorsque le son répétitif de son mobile résonne dans l'habitacle. Ce n'est pas celui qui annonce sa maman ; intrigué, il le sort de sa poche, un numéro inconnu est affiché. Sa curiosité maladive de journaliste aurait dû l'inciter à répondre, pourtant l'envie de passer ce samedi radieux avec Lise est plus forte ; il interrompt immédiatement la sonnerie et pose son appareil sous l'autoradio, là où, dans les temps anciens, il y avait un cendrier. Il peut enfin partir chercher sa délicieuse amie.

Lise, devant sa glace, hésite entre un foulard multicolore dans ses boucles brunes et une élégante casquette.

« Qu'en dis-tu ? » demande-t-elle à Chocolat.

Chocolat dresse son museau vers sa vénérable maîtresse avec un « miaou » d'approbation admirative au moment opportun où elle noue la légère étoffe de soie chatoyante au-dessus de son oreille gauche.

« Merci Chocolat pour ton aide précieuse, tu as raison, je suis d'avis que ce fichu est autrement plus féminin. »

Elle dépose tendrement un baiser sonore sur l'adorable tête du noble animal qui s'exprime à nouveau avec un « miaou » de satisfaction.

« Garde bien la maison, à tout à l'heure ! » lance-t-elle à Chocolat en fermant la porte.

Emile est déjà là, debout, appuyé nonchalamment sur le capot rutilant de sa voiture, il semble tout droit sorti d'un livre de mode des années cinquante, ce qui n'est pas pour déplaire à la demoiselle quoiqu'une touche subtile de modernité aurait complété un look parfait. Ils s'embrassent affectueusement sur les deux joues avant de s'installer à l'intérieur impeccable de l'automobile où une odeur imperceptible de plastique neuf chatouille les narines de Lise.

« Tu m'emmènes où ? elle se tourne vers lui en repliant et glissant sa jambe gauche sous la droite.
- Je connais un endroit au bord de l'eau, j'espère que cela te plaira.
- Aurai-je dû prendre mon maillot ?
- Je n'avais pas prévu que nous… bredouille-t-il, embarrassé.
- Je n'avais pas envie de me baigner de toute façon, réplique-t-elle un brin amusée. Bon, qu'as-tu prévu pour me surprendre ?
- Je… »

Bon sang, elle a le don de me déstabiliser, je suis ridicule ! Je dois me ressaisir.

« Un pique-nique et une promenade le long de la rivière, une chasse aux papillons et…
-	Laisse tomber, je te taquine. » lui dit-elle tout sourire.

Elle se retourne pour s'asseoir face à la route afin de ne plus le perturber… enfin, dans l'immédiat.

Ils échangent des banalités tandis que le ruban goudronneux s'étire sous les roues de leur bolide. Après quelques dizaines de kilomètres, Emile s'engage prudemment sur un chemin de terre qui s'enfonce au milieu des chênes feuillus ; il stoppe la voiture à l'entrée d'une vaste clairière, descend prestement et se précipite pour ouvrir la portière côté passager. Lise joue le jeu en lui tendant sa main délicate pour qu'il l'aide à s'extraire du véhicule.

« Nous allons traverser à pied.
-	Avec plaisir, cher Monsieur. » lui répond-elle avec affectation.

Il récupère son panier garni dans le coffre ainsi qu'un plaid qu'il pourra étaler sur l'herbe souple, sous les arbres remarquables, à l'abri du soleil qui est à son zénith et commence à brûler la peau.

Soudain, la sonnerie du mobile retentit, à nouveau "Maman" s'affiche. Zut ! Il avait complètement oublié d'écouter son répondeur ! Il ne sait s'il doit répondre, il consulte discrètement Lise qui, avec un sourire, l'incite à décrocher.

« Allo Maman ! Désolé, je suis occupé, supplie-t-il. Tu vas bien ?
- Et toi ? Mon chéri, tu vas bien ? J'ai essayé de te joindre ce matin…
- Je sais, mais comme je te l'ai dit, je suis…
- Occupé, j'ai compris, mais là, c'est urgent !
- Que se passe-t-il ? questionne-t-il inquiet.
- Il faut que tu rappelles ton oncle.
- Lequel ?
- Patrick, le maire de Tintouin
- Pourquoi ?
- Une histoire de corbeau…
- Maman, pas… »

Emile réfléchit, vite, cela semble intéressant et puis… Lise voulait être surprise.

« Ok je l'appelle, répond-il tout en regrettant déjà sa décision.
- Merci mon chéri. A bientôt.
- Bisous maman, je t'aime, murmure-t-il
- Moi aussi. »

Il regarde en silence son téléphone portable, puis Lise.

« Nous pourrions nous rendre à Tintouin pour pique-niquer ?
- Volontiers, répond-elle, manifestement amusée.
- Je viens de m'engager auprès…

- De ta maman chérie ? se moque-t-elle gentiment. Qui sait ? Une sombre histoire de corbeau cela pourrait être distrayant. »

« Je fais qui tu aimes » -1-

Patrick accueille Lise et Emile à bras ouverts avec effusion comme on sait le faire dans le Sud. Patrick est un personnage tout en rondeur, des pieds - chaussés de mocassins en cuir souple, à la tête - coiffée d'une casquette grise, jusqu'à ses petits yeux noirs pétillants comme un champagne de pinot, tout est rond. Seule une petite moustache fine bien droite traverse son visage jovial. Sa voix chaude et qui roule les R résonne.

« On ne t'a pas vu encore cette année ! Trop occupé à enquêter dans notre belle capitale du Vaucluse !? Tu ne me présentes pas ?
-    Lise, voici mon oncle Patrick ; mon oncle, une amie d'enfance, Lise. »

Patrick étouffe Lise contre son imposante poitrine sans ménagement et demande

« Lise ! Comme ton amoureuse de l'école !?
-    Vous avez parlé d'un corbeau ? s'empresse de questionner le jeune homme.
-    Nous allons manger d'abord !
-    Je ne me rappelle pas avoir été ton amoureuse. » chuchote Lise, amusée par la couleur cramoisie du visage d'Emile.

Patrick les entraîne vers le seul restaurant du village.

« Nous avons amené un pique-nique.

- Teu-teu-teu, je vous invite toi et ta jeune amie, on ne discute pas. Je t'ai également préparé une chambre, mais elle a un lit une place…
- Ce sera parfait pour moi, bredouille Emile. Mais je ne sais pas si Lise…
- Je souhaite une chambre également… avec un petit lit…mais pas trop loin de celle d'Emile… répond-elle avec un sourire et un regard en coin en direction du journaliste qui ne sait comment interpréter ce dernier point.
- Asseyons-nous, je vais tout te raconter. »

Tout en déjeunant, Patrick relate les faits de ces derniers jours et montre les lettres du corbeau aux jeunes gens suspendus à ses lèvres.

« Voici celle que j'ai reçue il y a une semaine, puis la seconde reçue par Dominique il y a trois jours et enfin, ce matin, Lily a trouvé celle-ci dans ses partitions « Je fais qui tu aimes ».

- Qui a accès à ses partitions ? interroge Emile.
- Tout le monde ! Hier soir, elle les a laissées sur le piano de Sheila sur le podium.
- Elle pourrait aussi être adressée à Sheila ?
- C'est inenvisageable, les partitions sont visiblement identifiées.
- A condition que le corbeau ait pu voir le nom de Lily, sans doute a-t-il fait au plus vite pour ne pas être démasqué ?
- Il sait alors que le piano appartient à Sheila, affirme Patrick.

- Toutes les deux sont susceptibles d'entretenir des amours clandestines ou inavouables ?
- Ou la lettre pourrait leur être destinée à toutes les deux ? intervient Lise,
- D'autre part, celle-ci est imprimée alors que les autres sont rédigées laborieusement avec des lettres collées. C'est étrange, est-ce qu'il pourrait s'agir de deux corbeaux ? Si c'est le cas, sont-ils complices ? se demande le journaliste.
- Je te laisse enquêter mon neveu, je dois m'occuper des derniers préparatifs de la fête.
- Je sens que nous allons passer un excellent week-end, commente Lise avec sincérité. Je serais ton assistante !
- Allons faire le tour du village et poser quelques questions.»

Emile se lève, suivi de son apprentie, il range les papiers dans sa poche. Ils visitent Tintouin tout en interrogeant les habitants encore choqués par le bazar de la nuit. A quelle heure ont-ils fermé portes et volets ? Ont-ils entendu du bruit ? Ont-ils eu beaucoup de visiteurs ces derniers jours ou, au contraire, attendent-ils de la visite ? Si oui, des amis, de la famille, des touristes ? Notamment, ont-ils remarqué un ou des inconnus ? Se sont-ils absentés ? Si oui, quand et combien de temps ? Emile et Lise prennent des notes, ils se sont séparés pour interviewer un maximum de personnes en un minimum de temps. Ils ont également tenté de savoir s'ils avaient reçu des courriers inhabituels et les ont incités à le signaler si cela devait arriver.

Nos enquêteurs ont décidé de réserver leurs dernières investigations à l'intention de Lily, Sheila, Dominique et Patrick en fin d'après-midi devant une collation et avant le début des festivités.

Lily et Suzette font leurs vocalises, coachées par Sheila au clavier. Les trois jeunes femmes s'amusent plus qu'elles ne travaillent et leur répétition ressemble beaucoup à des imitations caricaturales des artistes à l'origine des succès qu'elles vont interpréter.

Emile glisse deux mots à l'oreille de Lily qui s'excuse auprès de ses amies.

« Nous pourrions nous installer à une table devant un thé, propose Emile.
- Je préférerai un café.
- Egalement, commande Lise.
- Vous avez donc oublié vos partitions hier soir.
- En fait, nous avons répété et je n'ai pas jugé bon de les emporter sachant que nous devions travailler ce matin.
- A quelle heure vous êtes-vous rassemblées autour du piano ? Et quand avez-vous trouvé la lettre ? questionne Emile.
- J'ai traversé la place, il devait être 9 h, sans m'arrêter pour aller prendre mon café chez Dominique.
- D'où veniez-vous ?
- De chez moi, Emile discerne un brin d'hésitation. Les répét' on dû commencer vers 10 heures.

- Est-il raisonnable de concevoir que la lettre ait pu être déposée entre la fin des répétitions hier soir et ce matin 10 heures ?
- Je ne sais pas, hier soir, nous avons arrêté vers 19 h, mais nous sommes restés ici jusque vers 22 h pour la mise en place. Nous étions nombreux et nous nous connaissons tous, il est difficile de croire qu'il puisse y avoir un corbeau parmi nous.
- Pourtant, il doit y en avoir un puisqu'il connaît vos amours secrètes. D'ailleurs, pourquoi sont-elles si mystérieuses ?
- Mais je vous assure que je n'ai rien à cacher, répond-elle sur la défensive.
- Merci Lily pour votre coopération, j'aimerais parler à Sheila. »

Lily semble vouloir protester, mais elle se ravise et s'approche prestement de Sheila pour lui chuchoter quelques mots. La pianiste regarde dédaigneusement Emile et Lise, puis se lève à contrecœur tandis que Suzette propose à Lily de reprendre un duo.

« Bonjour ! Emile et Lise se présentent en lui proposant une collation.
- Merci, je viens de goûter avec mes enfants, je ne peux plus rien avaler.
- Vous êtes mariée ? commence Lise
- Oui avec Guitou… le violoniste, précise-t-elle
- Pensez-vous que la lettre du corbeau vous soit adressée ? enchaîne Emile.

- Vous savez, je n'ai rien à cacher. Je suis très occupée avec mes deux chérubins, la musique, le boulot.
- Vous travaillez ici ? continue-t-il.
- Parfois… je suis à la maison, pour la paperasse… je suis commerciale, la plupart du temps, je me rends chez des clients ou des prospects.
- Dans quel secteur ?
- Tous les villages au nord du département, je vends des panneaux solaires.
- Vous avez ainsi l'occasion de rencontrer beaucoup de monde.
- Attendez ! Je vois où vous voulez en venir… mais je rencontre plus de femmes que d'hommes.
- Evidemment, femmes au foyer, travailleuses à domicile…
- C'est ça, nous avons terminé, la soirée va démarrer. » conclut Sheila sèchement.

Sur ce, elle monte sur scène où les autres musiciens sont déjà installés tandis que Patrick annonce au micro l'ouverture des festivités.

Emile et Lise décident alors de faire une pause dans leur investigation pour profiter de la soirée. Le soleil n'est pas encore couché, il n'y a pas un nuage à l'horizon et la température est très agréable. Ils se mettent à danser sur un air de musette. Des enfants jouent à la pêche aux canards, d'autres font déjà la queue aux manèges et d'autres encore courent en tous sens autour des tables. Lily et Suzette chantent Piaf.

« Elles ont un beau brin de voix. Tu n'es pas de cet avis ? Tu pourrais parler d'elles dans ton canard.
-    J'ai une petite préférence pour Lily. »

La jeune chanteuse a une voix cristalline et légèrement enfantine à la France Gall, d'ailleurs, elle lui ressemble un peu, au même âge, c'est-à-dire la vingtaine, avec ses yeux noisette, sa coupe blonde au carré et sa bouche parfaitement dessinée.

« Nous vous invitons à passer à table, nous reprendrons la musique dans une heure ! Bon appétit à tous ! » annonce Suzette d'une voix légèrement nasillarde.

Les conversations animées allaient bon train autour des événements de la nuit dernière et, même si, sur le moment, les nerfs des habitants furent irrités, ce soir, cette mésaventure amusait tout le monde et ceux, qui d'aventure étaient fâchés, semblaient réconciliés. Bref, la soirée se déroulait pour le mieux. Patrick, fier de lui et de ses administrés, monte alors sur scène tel Abraracourcix sur son bouclier avec un micro en plus.

« Chers amis, je suis heureux de constater que tout le monde s'amuse. Les musiciens vont reprendre leurs instruments et vous allez pouvoir danser. Dominique et Domi vont desservir et dresser les tables pour le dessert. Que la soirée continue ! »

Lise et Emile aident le couple de restaurateurs et profitent habilement de l'occasion pour enquêter.

« Depuis l'épisode des jardinières et la lettre, avez-vous été victimes d'autres attaques ?
- Non, répond vivement Dominique.
- En fait oui, le contredit Domi. Dans l'après-midi, nous avons reçu un appel curieux.
- C'est-à-dire ?
- Lorsque j'ai décroché, il semble que la personne à l'autre bout du fil ait hésité quelques secondes avant de parler…
- Tu ne m'as rien dit, s'énerve Dominique
- Tu étais occupé, et puis… j'ai oublié.
- Qu'est-ce qu'elle a dit ? s'impatiente Emile.
- Euh… Je ne sais plus exactement… mais cela avait un rapport avec des trafics.
- Quels trafics ? Personne ne trafique ici ! grogne Dominique.
- Vous ne rendez pas des petits services… à quelques personnes ?
- Je ne vois pas, » répond-il trop vite.

Des couples dansent des rocks endiablés. Les plus jeunes commencent à s'endormir sur les bancs aussi Patrick convie-t-il les fêtards à partager le dessert avant d'attaquer les années quatre-vingt et quatre-vingt-dix.

Lise, grande gourmande, essaie discrètement de resquiller pour obtenir une deuxième part de tiramisu avec une tarte aux pommes. Emile, qui n'a pas manqué une miette de son manège, se demande à nouveau comment elle fait pour avaler tout ça. Il lui propose galamment d'aller danser puis de faire une balade dans les rues du village au clair de lune. Ils n'ont aucun mal à y voir et leur conversation les ramène encore au corbeau. Tout d'un coup, ils perçoivent un bruit au détour d'une ruelle puis aperçoivent un chat coursant un mulot. C'est assurément le matou qui a brisé un pot ou renversé des poubelles, mais ils distinguent des bruits de pas comme si quelqu'un s'enfuyait en courant. Intrigués, ils se précipitent au bout de la rue, mais il est trop tard, ils ne voient et n'entendent plus personne. Finalement, ils retournent sur la place où la fin de la fête a sonné. Monsieur le Maire remercie à nouveau.

« Je vous rappelle que la fête visait à réunir des fonds pour la restauration du clocher de l'église. Je suis persuadé d'ores et déjà que l'opération est un succès. Nous ferons le point cette semaine, les résultats seront affichés vendredi. Encore merci à tous et bonne nuit.»

Il fut décidé à l'unanimité que tout serait débarrassé le lendemain après un petit-déjeuner collectif ou chacun amènerait un encas à partager.

Emile et Lise se souhaitent bonne nuit devant la porte de leur chambre. Emile s'allonge sur son lit et fixe le plafond en pensant au corbeau et à Lise, il s'endort lentement en planifiant mentalement sa journée du lendemain.

Lise se déshabille et observe ses courbes voluptueuses dans le miroir en regrettant de ne pas avoir emporté un morceau de tarte aux pommes si délicieuse avec de la chantilly. Elle s'endort profondément en rêvant à Emile et à sa journée du lendemain.

Les jeunes gens ont profité du dimanche pour faire la grasse matinée, après une douche fraîche pour se réveiller, ils ont revêtu leurs habits de la veille et se sont dirigés côte à côte vers la place où règne déjà une forte animation.

« 1...18...20...14...5...1...20...5...21...15...9...1...20...17...14...
14 »

Les forains ont commencé à démonter leurs installations et sont en discussion avec Monsieur le Maire pour la redistribution des recettes de la soirée.

Domi et Dominique vérifient minutieusement leur caisse tandis que les villageois se sont installés autour des tables pour prendre leur petit-déjeuner. Des corbeilles de viennoiseries passent de main en main précédées des thermos de café, de lait et d'eau chaude. Des enfants sont encore en pyjama tandis que les parents ont enfilé des tenues décontractées. Tous se réjouissent de la fête de la veille et félicitent les musiciens pour la qualité de leurs interprétations et leur entrain. Bref, le village est heureux, le ciel lumineux est bleu et le soleil se lève dardant déjà ses rayons sur les convives.

Pourtant, un cri retentit tel un rugissement.

« On a décapité mes canards ! Comment c'est possible ! Qui a fait ça ! »

Patrick, Emile et Lise se précipitent vers le hurlement.

« Mais non, regardez, on leur a juste couvert la tête, avise Lise.

- Oui, mais pas tous, ajoute Emile.
- C'est vrai ça, calmez-vous, recommande Patrick au brailleur. On va vous aider à les découvrir.
- Non ! Attendez ! crie Emile tandis que Patrick et Lise se saisissent d'un canard. Nous devons avant tout relever le numéro marqué sous chaque palmipède dont la tête est cachée.
- C'est, à n'en pas douter, un nouveau message. » conclut Lise.

Le bonhomme ventru qui s'était lourdement affaissé au sol, se relève péniblement, soulagé. Le jeune journaliste sort un carnet et un crayon de la poche arrière de son pantalon. Il s'apprête à consigner les chiffres dictés par son assistante bénévole, le saltimbanque et Monsieur le Maire.

Les nombres fusent.

« 1…18…20…14…5…1…20…5…21…15…9…1… 20…17…14…14 »

Emile réfléchit, observant la suite arithmétique et tapotant distraitement son crayon sur son bloc-notes.

« Ces chiffres sont probablement reliés à des lettres…
- Ce sont des lots, rectifie le propriétaire des bestioles en plastiques jaunes.
- Non, ce serait trop compliqué…j'imagine que c'est encore l'œuvre du ou des corbeaux…

- C'est une nouvelle "lettre". » affirme Lise.

Tandis que le commerçant a repris ses esprits et démonte son stand, Emile, Lise et Patrick se dirigent vers leur table pour terminer leur collation et reporter les lettres de l'alphabet correspondantes.

« Je vous laisse faire… les mathématiques, c'est pas mon fort, déclare Patrick en se levant
- Mon oncle, l'interpelle Emile interrogatif. On n'a pas recueilli votre témoignage.
- Je vous ai dit tout ce qu'il y a à savoir à votre arrivée, répond-il sur la défensive.
- Vous êtes formel ? Que je sache, vous n'avez pas de belle-sœur… vous n'êtes même pas marié, d'ailleurs… à moins que… »

Mais Patrick est déjà loin, soudain pressé de rentrer chez lui.

« Nous éclaircirons ce point plus tard, dit Emile. Reportons donc ces lettres. »

Il dessine un tableau autour des symboles et reporte les lettres sur la ligne de cases vides.

1	18	20	14	5	1	20	5	21	15
A	R	T	N	E	A	T	E	U	O
9	1	20	17	14	14				
I	A	T	Q	N	N				

« Essayons les combinaisons et barrons les lettres au fur et à mesure.
- Commençons par le plus logique, par exemple, le "Q" avec le "U" et "E" ou "I"
- Nous devrions plutôt découper les lettres et les assembler, comme un corbeau. »

Après avoir demandé une paire de ciseaux à Domi, ils s'attellent à la tâche. Ils sont tellement absorbés qu'ils ne s'aperçoivent pas de l'attroupement ; au-dessus de leurs épaules, plusieurs paires d'yeux observent le ballet de leurs doigts déplaçant les lettres, essayant de constituer des mots, une phrase, jusqu'à ce qu'un adolescent crie.

« Attention !...
- Qu'y a-t-il ? Encore une agression ? S'inquiète un curieux
- Non, il s'agit d'un mot, "attention", c'est un des mots que vous cherchez. »

L'adolescent se saisit des bouts de papier et aligne les lettres devant les paires d'yeux ébahis.

« Et il est alors élémentaire de reconstituer le mot, commente-t-il
- "Arnaque" » termine Emile.

"Attention arnaque" voilà ce qu'il fallait lire. Patrick, réapparu comme par magie, est fou de rage, il s'imagine alors que le forain essaie de l'escroquer et que le corbeau veut le prévenir. Il court ou plutôt il vole dans sa direction et l'attrape par l'épaule, l'arrachant à son travail.

« Ca va pas ! Qu'est c'qui vous prend !? s'indigne le forain
- Vous essayez de me voler ! C'est ça !? »

Emile veut s'interposer, mais les deux hommes sont déjà à portée de postillons.

« Qu'est c'que ça veut dire ! Vous êtes cinglé !
- Attention arnaque, c'est ce que le corbeau a voulu écrire ! » fulmine le maire.

Le forain appuie un doigt accusateur sur la poitrine de Patrick.

« Ah oui, et ben c'est sur mon stand… c'est peut-être moi qu'il a voulu prévenir contre vous !!!
- Calmez-vous messieurs, je vous en prie. Il y a, à coup sûr, une explication à tout ça. Le corbeau veut semer la zizanie et jeter le discrédit sur la mairie, vous n'allez pas vous laisser prendre à son jeu ! » implore Emile.

Néanmoins, afin de dissiper tout malentendu, les deux hommes décident de vérifier les comptes, au calme, dans les bureaux de la mairie.

« Il est primordial de faire la lumière entre vérité et incitation à la zizanie, murmure Lise.

- Tu as raison, allons terminer notre petit-déjeuner, enfin !
- Je commence vraiment à avoir faim. »

Emile fixe Lise, surpris, il aurait juré qu'elle avait déjà avalé un croissant et la moitié d'un pain au chocolat avec son café crème. Il se souvient alors de son panier garni qu'il est toujours décidé à partager avec son amie.

« Nous pourrions reprendre la route et nous arrêter pour pique-niquer.
- Il ne faudrait pas gâcher, sourit-elle
- Euh… oui, je vais informer mon oncle.
- Je viens avec toi lui dire au revoir et le remercier. »

Ils se dirigent ensemble vers la mairie où Patrick et le saltimbanque clôturent leur compte sur une poignée de main de réconciliation.

« Mon oncle, nous devons partir. Je te promets de réfléchir à tout ça et de persévérer dans mon
- Notre, rectifie Lise.
- Oui, notre enquête. Contacte-moi si tu as du nouveau.
- Merci pour votre hospitalité Monsieur.
- Appelez-moi Patrick. Bon retour les enfants et à bientôt. »

Ils s'embrassent avec effusion, puis les jeunes enquêteurs regagnent leur voiture en se retournant vers le village pour faire un signe d'au revoir.

« J'en déduis que tu veux que l'on se revoie, dit Emile.

- Oui, pour enquêter, répond-elle avec un air malicieux.
- Assurément, » répond-il un peu déçu.

Ils roulent vers la clairière abandonnée la veille. La radio réglée sur Radio Nostalgie diffuse un tube de la fin des années soixante-dix que Lise fredonne en contemplant le paysage qui se déroule sous ses yeux. Le vent fait voleter son foulard. Emile se hasarde à admirer son profil, son petit nez en trompette bouge ainsi que sa jolie bouche qui articule les paroles de « Hôtel California », elle a fermé les yeux et balancé sa tête en arrière. Il emprunte le chemin de terre et arrive à la sortie du bois où il immobilise son automobile. Il rejoue la scène de la veille en sortant du véhicule et se précipitant pour aider Lise à s'extraire de son siège. Pourtant, tout semble différent, il est plus ému, ils sentent davantage l'odeur de l'herbe chauffée par le soleil, le parfum des fleurs champêtres. Le regard de Lise s'attarde plus longuement sur sa main tendue, elle sourit, mais sans malice, un vrai sourire rayonnant et naturel.

***

Emile vide son cartable sur la table de son salon. Après avoir nettoyé la vaisselle du pique-nique, il a décidé de trier ses notes. Et même s'il a promis à Lise de l'attendre, son impatience de journaliste le pousse à dresser un premier bilan de la situation. Il lui dira qu'il voulait simplement faciliter leur conclusion.

Il est heureux de l'après-midi qu'ils ont passé ensemble. En apesanteur, il se remémore leurs conversations, leurs fous rires et leur longue promenade à travers champs. En se séparant, il s'est engagé à travailler sur cette affaire avec elle jusqu'à sa résolution.

Lise jette négligemment ses vêtements sur son fauteuil crapaud sans apercevoir Chocolat qui pousse un miaulement de protestation. Elle se précipite en s'excusant et lui distribue des caresses en songeant à Emile. Elle ne sait pas encore si ce garçon l'attire véritablement ou si c'est l'affaire du corbeau qui la retient près de lui… car, il faut le dire, la curiosité est l'un de ses plus gros défauts et l'esprit escape-game de cette histoire l'amuse grandement.

Tandis qu'Emile examine ses courriels, Lise s'est recroquevillée sur son canapé, une tasse de thé entre les mains, pour visionner le dernier Tarantino.

***

Impatients de se pencher à nouveau sur leur enquête, Lise et Emile se retrouvent chez lui, le samedi suivant en début d'après-midi. Le jeune homme s'est procuré pour l'occasion du café, il s'est arrêté à la pâtisserie la plus réputée d'Avignon pour offrir à son amie quelques mignardises.

Lorsque Lise pénètre dans l'appartement, Emile est quelque peu nerveux, mais la jeune femme semble parfaitement à l'aise comme à son habitude. Evidemment, elle hume immédiatement l'odeur de détergent qui plane dans l'air et ne peut s'empêcher de sourire ; ce modeste logis n'a rien de l'antre d'un célibataire, tout y est beaucoup trop ordonné à son goût, tiré au cordeau, pas de place pour l'improvisation. Elle n'est pas réellement étonnée et se sent légèrement attristée, elle aurait aimé être surprise, découvrir que son ami cache un léger grain de folie ; mais rien de tout cela.

Il lui propose le nectar noir qu'elle préfère, un verre d'eau et les mignardises.

« Je sors de table, le café suffira, je ne passe pas mes journées à manger tout de même ! dit-elle faussement indignée.
- Je me doute… désolé… bafouille-t-il.
- Tout va bien ! répond-elle en riant, je me ferai un plaisir de toutes les dévorer pour le goûter, dit-elle avec gourmandise.

- Je vois que tu as commencé sans moi, ajoute-t-elle. »

Elle désigne les papiers étalés sur la table et le tableau sur lequel Emile a récapitulé les informations en leur possession.

« Euh… oui, mais je n'ai abouti à aucune conclusion.
- Commençons par la première lettre. Tu disais, je crois, que ton oncle n'était pas marié et n'avait ni frère ni sœur. Qui est donc cette belle-sœur ?
- J'ai longuement réfléchi et je soupçonne qu'il nous ment, cette lettre ne lui est pas destinée. Par conséquent, nous avons deux questions.
- Pourquoi ment-il ? Et à qui peut être destinée cette lettre ?
- Concernant les "petits trafics" de Dominique, il faut qu'on sache de quoi il s'agit. A priori, si le corbeau les connaît, c'est soit qu'il y participe, soit qu'il en bénéficie…
- Mais dans ce cas pourquoi vouloir le dénoncer ?
- Soit au contraire qu'il aimerait en bénéficier. Ensuite, il y a cette histoire d'amour. À dire vrai, Lily et Sheila ne nous ont pas appris grand-chose. Lily avait l'air mal à l'aise et Sheila se cache derrière sa gentille famille, est-elle sincère ?... »

Emile ferme les yeux en se pinçant l'arête du nez, il visualise l'interrogatoire et soudain.

« Dans ce duo, il y a tout de même une troisième personne !

- Suzette ! Nous n'avons pas pensé à elle, mais il se pourrait que ce soit elle la victime du corbeau…

- Et ses deux amies la protègent !

- Par contre, pour ce qui est de l'histoire des canards, il ne s'agit que d'un canular pour enflammer l'ambiance tout comme l'histoire des chaises et des tables déplacées, affirme Lise.

- Résumons,

    LETTRE N° 1 : Enquêter sur Monsieur le Maire, sa propension à mentir et à qui est destinée cette première missive ?

    LETTRE N° 2 : Quels sont ces petits trafics, à qui profitent-ils ou pas ?

    LETTRE N° 3 : Enquêter sur Lily, Sheila et surtout Suzette

    CANARDS : Piste à abandonner

- Nous sommes prêts à retourner sur le terrain. Pourquoi pas demain ?

- Et si nous y allions dès ce soir ? Nous dormirions sur place, on pourrait manger chez Domi et Dominique ?

- D'accord, il faudra juste passer chez moi que je récupère une trousse de toilette et des vêtements de rechange, cette fois.

- Super ! Une pâtisserie ?

- Volontiers, tout ça m'a ouvert l'appétit. »

***

A Tintouin, la semaine a été plutôt paisible si ce n'est une moto pétaradante en pleine nuit du mercredi au jeudi qui a réveillé tous les petits vieux et les bébés du village, par enchaînement les parents, puis les frères et sœurs plus âgés… bref tout le hameau indigné par un tel sans-gêne. A l'aube, Monsieur le Maire tombe sur tous ses administrés devant sa porte. Comme Patrick dort avec des boules Quiès, il n'a rien entendu.

Depuis trois jours, il recueille des plaintes et c'est donc avec plaisir qu'il reçoit l'appel de son neveu en ce samedi après-midi.

« C'est entendu, je vous réserve les deux chambres et une table chez Dominique… pour deux ?
-   Vous ne souhaitez pas dîner avec nous, mon oncle ?
-   Je ne voulais pas m'imposer entre vous. »

Emile entend le clin d'œil que lui adresse son oncle et raccroche avec un sourire.

« C'est réglé, dit-il en se tournant vers Lise.
-   Parfait ! »

Elle ramasse son sac et les voilà partis ; ils s'arrêtent devant chez elle et tandis qu'Emile attend dans la voiture, Lise monte à la hâte dans son nid sous les toits pour récupérer une trousse de toilette toujours prête au cas où… un vieux tee-shirt pour la nuit, un short et un top. Une rapide caresse à Chocolat plus tard, elle est installée à côté de son ami et ils se dirigent vers Tintouin.

« VOUS APPRENDREZ CHER MONSIEUR QUE MADAME VOTRE BELLE-SŒUR NE DIT PAS TOUJOURS LA VERITE » -2-

Patrick les accueille chaleureusement en les serrant contre lui ; puis, il les accompagne à leurs chambres. Comme il est déjà 19 h 30, ils décident de se rendre ensemble au restaurant ou les attend le couple de boulangers-épiciers-postiers-restaurateurs… Ils s'installent en terrasse à une table habillée d'une nappe à carreaux rouges et blancs où le couvert est déjà dressé. Domi vient prendre la commande.

« Bonjour ! Aujourd'hui, nous vous proposons un menu breton : galette à l'andouille de Guéméné, ou galette complète – jambon, œuf, fromage ; crêpe caramel beurre salé ou au sucre ; le tout arrosé de chouchen ou de cidre ; évidemment, nous avons de l'eau.
- Une andouille et une beurre salé, commande Patrick.
- Une complète et sucre, s'il vous plaît.
- Une compète et beurre salé, avec du cidre.
- Une bouteille de cidre pour tout le monde, c'est moi qui régale, impose Patrick.
- Je vous apporte la bouteille avec une carafe d'eau. »

Il fait encore jour, une légère brise évente nos trois compères qui évoquent toutes ces années passées. La tranquillité des lieux et pourquoi toutes ces personnes ont quitté Tintouin pour y revenir couler une retraite paisible malheureusement gâchée par les derniers événements. Ils rentrent alors dans le vif du sujet, Emile ne sait trop comment formuler la question qui le taraude sans blesser son oncle, car après tout, il va presque le traiter de menteur. C'est alors que Lise engage la conversation.

« Quand avez-vous reçu votre lettre exactement ? Nous souhaitons reprendre les événements dans l'ordre chronologique.
- Il y a quinze jours, le 6 juillet, puisqu'il faut être précis. »

Patrick sent que la conversation prend un tour qui ne va pas lui plaire.

« L'enveloppe était timbrée et oblitérée ? continue Lise
- Je… ne sais plus…je ne l'ai pas gardé… cela ne semblait pas important. Pourquoi ?
- C'est simple, l'absence de timbre démontrerait que le corbeau l'a lui-même déposé dans votre boite aux lettres. Ce qui implique qu'il fréquente le village et peut-être même qu'il y vit. *Ce pourrait être vous, par exemple, spécule Emile.* Si elle est timbrée, mais non oblitérée, on peut envisager, qu'il ne vit pas ici, mais qu'il vient de temps à autre

ou qu'il connaît un habitant qu'il aurait croisé ailleurs, possiblement un complice, *encore vous*, à qui il aurait pu confier le précieux pli par peur qu'il ne se perde dans les méandres de la poste. Enfin, timbrée et oblitérée, cela pourrait sous-entendre que le corbeau n'est pas d'ici, ou alors c'est ce qu'il voudrait nous faire avaler.
-   Tout cela me parait bigrement tordu. »

Patrick éponge son visage avec sa serviette. La sueur est-elle due à la chaleur ou est-il mal à l'aise ?

« Et qu'en est-il des autres missives ? ajoute Emile
-   La dernière était dans les partitions, rappelle-toi. Pour les chaises, les tables, les canards, il fallait que le corbeau ou son complice, s'il existe, soit présent, conclut judicieusement Lise. »

Patrick, après avoir été gêné par l'interrogatoire d'Emile, semble souffler. Le journaliste en profite pour formuler la question fatidique.

« Il me semble que vous n'avez jamais été marié, mon oncle ?
-   Peux-tu arrêter de donner du "mon oncle" à tout bout d'champ ? Et tu pourrais me tutoyer, je suis ton on… enfin ton tonton, le frère de ta mère !
-   Ne vous… pardon, ne te mets pas dans un tel état ; je te rappelle que c'est toi qui as requis mes services, tonton.»

Ce dernier mot dit sur un ton appuyé était censé détendre un peu l'atmosphère tandis que Lise dépose une main délicate sur le bras de Patrick.

« Excuse-moi, toutes ces histoires me fatiguent. Je ne suis pas devenu maire pour m'occuper de ce genre de choses.
- Comment ça devenu ? Vous n'a… Tu n'as pas été élu ?
- Non, le précédent maire s'est volatilisé dans la nature, en tant qu'adjoint je l'ai remplacé.
- Depuis quand ?
- Un an, tout au plus… non neuf mois, cela a fait neuf mois le 6 juillet.
- Ce ne peut être une coïncidence, murmure Emile. Toujours est-il que tu n'as pas répondu à ma question.
- Non, je n'ai jamais été marié, avoue Patrick d'une voix quasi-imperceptible.
- J'en déduis que cette lettre ne t'était pas destinée.
- C'est vrai, sa voix se fait encore plus ténue.
- Tonton, te rends-tu compte que tu brouilles les pistes ! Et si tu veux que nous t'aidions concrètement, tu dois nous dire la vérité !
- En fait, c'est que je ne sais pas à qui cette lettre était adressée, avoue-t-il penaud. Je n'ai pas compris. Je l'ai trouvé dans la boite de la mairie.
- Dans ce cas, elle pourrait concerner n'importe quel adjoint ou employé, et même…
- L'ancien Maire, achève Lise.

- Tout cela me parait de plus en plus complexe. Il me faut la liste de tous les adjoints et employés.
- Nous n'avons pas d'employés. Quant aux conseillers municipaux, ils sont trois et tu les connais tous, Suzette, Alain et Dominique.
- Nous avons interrogé Dominique, mais ni Suzette que nous avions prévue de rencontrer, ni Alain qui est ?
- Le guitariste également informaticien.
- Comme la lettre s'adresse à un "CHER MONSIEUR", il ne peut s'agir de Suzette. Dominique a aussi reçu une lettre.
- A moins qu'elle ne lui soit pas destinée non plus, ironise Emile.
- Il nous reste Alain, a-t-il une belle-sœur ? demande Lise.
- Oui, Suzette.
- Tiens donc ! »

Emile et Lise gardent leur conclusion pour eux. Le repas se termine dans la morosité, chacun se levant avec un ou plusieurs points d'interrogation au-dessus de la tête. Il est déjà tard, la nuit englobe le village qui s'endort doucement tandis qu'Emile et Lise font le point.

« Tout cela prend une tournure inédite, il se pourrait que le corbeau s'adresse à Alain en parlant de sa belle-sœur Suzette qui entretiendrait un amour caché.

- Cela colle bien. Nous irons nous présenter demain. Toute cette affaire aurait-elle un lien avec les prochaines élections municipales ?
- C'est loin, mais en même temps on ne peut exclure cette hypothèse, envisage Emile.
- En attendant, passe une bonne nuit. » Lise dépose un baiser furtif sur la joue d'Emile qui frissonne, la nuit sera belle et douce.

« Je fais qui tu aimes » -2-

Emile pose le disque sur le gramophone, l'aiguille suit les sillons et un son légèrement distordu et nasillard s'élève. Une bombe latine, robe volantée jusqu'au mollet, chaussée de salomé à petit talon, les cheveux roulés autour du visage, lui tend la main… Son image disparaît, le son s'éloigne, il est propulsé dans un parc, au carrefour de deux allées, le ciel est gris, un corbeau croassant émerge du voile nuageux puis… Emile entraîne Lise dans un sous-sol, sous une trappe, il actionne un interrupteur, le journaliste lui dévoile une pièce immense où se mélangent presse d'imprimerie du XVIIIème et téléphone de l'entre-deux-guerres, bureaux en bois mités et machines à écrire Remington… Soudain, des bruits de pas au-dessus de leurs têtes claquent sur le parquet. Emile éteint la lumière, les jeunes gens se réfugient sous un bureau, le souffle court. La trappe s'ouvre, la lumière se rallume, ils entendent crier son nom, ferment les paupières, très fort et… Tout disparaît… Emile ouvre grand les yeux, il est seul dans sa chambre exiguë, assis sur son lit, il met quelques secondes à se rappeler où il est, quel jour, pourquoi…

Lise est déjà prête, fébrile à l'idée de poursuivre leurs investigations, elle n'a pas cédé à la grasse matinée. Sa nuit, peuplée de rêves bucoliques, comme prévu, a été belle et douce. Installée à la terrasse du restaurant devant un café au lait et des croissants, elle attend Emile, espérant qu'il ne tarde pas. Au demeurant, peut-être aurait-elle dû le réveiller, mais elle ne veut pas qu'il se fasse des idées, même si, elle doit se l'avouer clairement, elle le trouve charmant.

Lorsqu'Emile arrive à son tour pour petit-déjeuner, il surprend Lise au téléphone avec son aimable voisine, s'inquiétant de Chocolat. Elle raccroche prestement pour lui dire bonjour et s'enquérir du programme de la journée.

« Nous devons imaginer un prétexte pour parler à Alain et Suzette.
- Il n'est pas indispensable de parler à Alain puisque nous sommes quasi sûrs que la lettre s'adressait à lui. A contrario, il faut que l'on découvre ce que, ou plutôt, qui, cache Suzette.
- Nous pourrions lui proposer, ainsi qu'à Sheila et Lily, de rédiger un article sur leur trio de chanteuses, suggère Lise.
- Excellente idée, en plus cela me permettra de transmettre un article à mon rédac-chef dès lundi. Je suis un peu sur la sellette ces jours-ci, avoue-t-il.
- A cause de toute cette histoire ?
- Euh, un peu… »

Il ne veut pas lui dire que ces derniers temps, le centre de ses préoccupations est une jeune demoiselle brune aux yeux violets.

« Salut les amoureux ! crie Patrick avec un clin d'œil à Lise.
-   Salut, répond Emile un tantinet gêné.
-   Bonjour, ajoute ladite demoiselle, joviale.
-   Pourrais-tu nous organiser un rendez-vous avec les chanteuses ?
-   Toutes les trois ?
-   Oui, je voudrais en profiter pour écrire un papier sur leur talent, ça leur ferait de la publicité gratuite et…
-   Un très bon alibi pour ton enquête. En début d'après-midi, autour d'un café, cela te convient-il ?
-   Parfait, nous allons battre le pavé en attendant. »

Il n'y a pas un brin d'air qui circule aujourd'hui, le soleil, déjà haut, plombe l'atmosphère estivale. Les promeneurs recherchent l'ombre à tout prix. Aussi, tout le monde se croise le long du Rieu Sec, entre les chênes verts. Les enfants font du vélo ou jouent au ballon en ignorant la chaleur, les adultes les plus courageux font leur footing, alors que d'autres flânent en poussant le landau du dernier-né, bavardent assis sur un banc. Lise et Emile marchent paisiblement en se racontant leur semaine, se souviennent de leur enfance, ici même, et projettent leur avenir sur fonds de voyages et d'envies d'ailleurs. L'heure de leur rendez-vous approche, aussi décident-ils d'aller déjeuner, rejoints par Patrick puis Alain qui passait par là.

« Votre femme n'est pas avec vous, interroge Lise.
- Je ne suis pas marié, s'étonne Alain.
- Suzette est l'épouse de son frère, trahit Patrick
- Vous vous intéressez à ma belle-sœur ?
- Je souhaite publier un article sur le trio de chanteuses et je me renseigne un peu avant pour préparer mes questions, voilà tout. »

Sheila, Lily et Suzette arrivent de concert, pile pour le café. Alain et Patrick quittent la table pour une bonne sieste.

« Bonjour les filles, je vous offre un café ? propose Emile.
- Avec plaisir. Alors comme ça, vous voulez écrire un papier sur nous, vous croyez que les Avignonnais s'intéressent à des filles de village ? attaque Sheila.
- Pas encore, mais grâce à mon article cela pourrait changer. Ca vous intéresse, sinon vous ne seriez pas là.
- On veut peut-être boire notre café à l'œil, répond Lily.
- Je présume que Sheila n'accepterait pas de laisser ses enfants un dimanche pour juste boire un café, n'est-ce-pas ?
- Touché ! »

Emile choisit de commencer par la meneuse du groupe, il saura ainsi comment mener son interview sans être interrompu et avec un peu de chance, Sheila repartira s'occuper de ses enfants.

« On va commencer par une brève présentation, Sheila vous avez des enfants, combien ?
- Deux
- Et vous êtes mariée à Guitou, le violoniste. Vous êtes commerciale dans les panneaux solaires. Quel âge avez-vous ?
- 45 ans
- Vous êtes du village ?
- Non, moi je viens d'Orange.
- Comment avez-vous atterri ici ?
- Mon mari est d'ici et il a souhaité y élever nos enfants. Nous ne sommes pas là pour parler de ma vie privée, si ?
- Les lecteurs aiment connaître, un peu, l'intimité des gens. Je n'insisterai pas là-dessus, j'ai besoin de saisir votre personnalité, mais je crois que j'ai compris. »

Emile se figure que Sheila ne bavardera pas davantage, qu'il vaut mieux ne pas s'appesantir s'il veut conserver des rapports cordiaux et notamment arriver à ses véritables fins.

« Lily, pouvez-vous me dresser un portrait rapide ?
- 22 ans, fiancée, née ici, Lily se cale sur les réponses de Sheila.

- C'est très… bref. Vous vivez ici ?
- Non, je suis étudiante en Avignon. Je rentre ici pour les vacances scolaires lorsque je ne travaille pas en ville comme serveuse.
- Votre fiancé n'est pas gêné par le fait…
- Ca suffit, assez de questions personnelles ! On est là pour parler musique ! l'interrompt l'aînée du groupe.
- Et vous, Suzette ?
- 30 ans, informaticienne, je vis avec Antoine et nous n'avons pas d'enfants, » répond timidement Suzette.

Emile n'insiste pas, il veut éviter de la mettre mal à l'aise, et oriente la conversation sur la musique sans oublier de prendre des notes.

« Seule Sheila joue d'un instrument ?
- Suzette joue de la flûte traversière, mais pas sur scène, répond Lily.
- Sur scène, elle préfère chanter, ajoute Sheila.
- Et vous Lily ?
- Je chante soir et matin, sous ma douche, en étudiant, en conduisant, tout le temps, j'adore ça, répond-elle soudain volubile.
- Moi aussi, enchaîne Suzette qui semble se réveiller.
- Comment vous êtes-vous rencontrées ? demande Lise.
- Lors d'un bal organisé par l'ancien maire du village, il y avait un groupe sur scène, pas terrible,

et nous nous sommes mises à chanter, toutes les trois, c'était comme si… enfin… c'était à la fois magique et… naturelle. Vous voyez ce que je veux dire ? »

Suzette sourit franchement, sa timidité s'envolant, laissant place à une légèreté et une délicatesse malheureusement interrompues par Sheila.

« Nous avons proposé au maire de remplacer son groupe ringard et, il faut le dire, mauvais, pour les prochaines festivités. Comme nous sommes de Tintouin ou presque, il a accepté de nous donner notre chance.
- Depuis combien de temps ?
- Trois ans, je dirais.
- C'est ça, acquiesce Lily, désireuse de parler. Par la suite nous avons pu nous produire dans d'autres villages du département, annonce-t-elle fièrement.
- Nous aimerions participer au festival d'Avignon, ajoute Suzette de sa voix suave et non plus nasillarde comme le soir du festin.
- Votre voix est parfois différente, remarque Lise.
- Oui, lorsque je chante, j'ai tendance à "imiter" l'intonation et la voix de l'interprète original.
- Vous rentrez dans le personnage, comprend Emile.
- C'est tout à fait cela. Vous estimez que nous pourrions participer au festival ?

- J'espère grâce à mon article et à mes relations pouvoir vous donner un coup de pouce, répond gentiment Emile qui n'y croit pas. Vos familles sont fières de vous, je suppose.
- Oh Antoine n'aime pas du tout…
- Bien sûr que oui ! Surtout mes enfants qui n'hésitent pas à monopoliser le micro en fin de soirée !
- Quel âge ont-il ?
- Cinq et sept ans, Sheila consulte sa montre. En parlant des enfants, je dois les faire goûter. Venez les filles, ça leur fera plaisir de vous voir. Elle glisse sa carte de visite sur la table. Appelez-moi si vous avez besoin de complément d'informations. Emile échange ses coordonnées.
- Envoyez-moi vos prochaines dates dans la soirée. Je les insérerai dans mon article.
- Merci. A bientôt.
- Tu as vu ? Suzette a hésité à les suivre, comme si elle voulait ajouter quelque chose.
- Il faudrait la faire venir sur Avignon… seule. »

Le journaliste et sa complice décident de prendre la route après avoir prestement salué Patrick. Sur le chemin du retour, ils font le point et constatent qu'ils n'ont pas appris grand-chose quant aux amours supposées de Suzette, la piste en est même brouillée. S'il ne semble plus que Sheila soit concernée directement, le doute plane entre ses deux amies. En effet, Lily aurait un fiancé fantôme et Suzette un compagnon absent et qui "n'aime pas du tout…", toutes deux deviennent alors suspectes et Sheila les protège. Ce qui est limpide, en revanche, c'est que le corbeau connaît avec certitude les villageois pour être informé précisément d'un secret si bien gardé sans compter les jardinières, les tables, les chaises déplacées, la moto pétaradante. Qui peut être si admirablement renseigné ? Dominique, Monsieur le Maire, ou même une commerciale qui rentre en toute confiance chez les gens mais qui connaît aussi très bien Suzette et Lily ?

« On tourne en rond. Et aucun indice au sujet des petits trafics supposés de Dominique. » conclut Emile.

Les T_[ti]P'S_[piz] – Des filles dans le chant

Emile dépose Lise devant chez elle puis il rentre chez lui en faisant un crochet chez le traiteur asiatique. Après avoir infusé un thé au jasmin pour accompagner ses plats, Emile consulte ses notes et s'installe devant son clavier d'ordinateur. Il entreprend d'écrire son article et décide de l'envoyer à Sheila.

De : MilouH <miloualahouppe@papelare.com>
Envoyé : dimanche 21 juillet 2019 20:21
À : sheilatps@blog.tps.com
Objet : Article de presse
✉ Message 📄 TPS

Bonsoir Sheila,
Je vous remercie pour votre coopération.
Vous trouverez en pièce jointe l'article de presse que je vais transmettre à mon rédacteur en chef.
J'attends votre aval et vos dates de représentation par retour de mail.
Cordialement,
Emile ROUBET
Le Pape-Lare

Emile clique sur le bouton "envoyer". Il réfléchit à sa conversation avec Lise dans la voiture. Ils ont appris que Suzette est la belle-sœur d'Alain qui est vraisemblablement le premier destinataire du corbeau, il en conclut donc définitivement que Suzette a des amours supposées cachées par le corbeau. Comment rencontrer Suzette seule ?

***

Sheila débarrasse la table du dîner lorsque son mobile émet un tilt lui signifiant qu'il vient de réceptionner un mail. Elle consulte l'écran, le nom de MilouH ne lui dit rien, elle décide donc de le lire plus tard, il n'y a pas d'urgence. Elle vérifie que les enfants se sont brossé les dents avant d'aller les border dans leur lit. Ils ont chacun une chambre qui communique par leur salle de bain. Elle redescend au rez-de-chaussée et s'installe sur le canapé à côté de Guitou qui commence déjà à s'endormir. Elle consulte une dernière fois l'écran de son mobile et revoit la notification de mail de MilouH, elle l'avait complètement oublié. Elle prend le temps de le survoler et s'aperçoit qu'il s'agit en fait du jeune journaliste auquel elles ont accordé, elle et ses deux amies, une interview l'après-midi même. Par respect pour sa rapidité, elle ouvre la pièce jointe afin de lire l'article qu'il leur a consacré.

Les T[ti]P'S[piz] – Des filles dans le chant

J'ai croisé lors de mes week-ends trois femmes exceptionnelles. Sheila pianiste, chanteuse, leadeuse du groupe ; Suzette chanteuse, joueuse de flûte traversière ; Lily, chanteuse. Elles m'ont fait voyager à travers les époques en interprétant, « je rentre dans le personnage et l'histoire » *m'a même confié Suzette, des titres des années cinquante à nos jours, français ou anglais, variété, pop, rock, jazzy. Vous seriez surpris par leur énergie,* « Je chante soir et matin, sous ma douche, en étudiant, en conduisant, tout le temps, j'adore ça » *s'enthousiasme Lily, et leur justesse. Ensemble depuis trois ans, avec un répertoire de plus de 1000 chansons, les T$_{[ti]}$P'S$_{[piz]}$ (Three Pop's) sont capables de s'adapter à la demande du public.*

Sheila a commencé par l'apprentissage du piano au conservatoire de musique de la ville d'Orange, après plusieurs années et sur les conseils de l'un de ses professeurs, Sheila a pris des cours de chant.

Suzette, inscrite au conservatoire du Grand Avignon, s'essaye à plusieurs instruments avant d'opter pour la flûte traversière et étudie le chant en parallèle avec un professeur privé.

Lily a eu accès à des cours de chant lors de sa scolarité grâce à un professeur itinérant.

Nous espérons pouvoir écouter et admirer les TP'S lors de la prochaine édition du Festival d'Avignon. En attendant, vous pouvez aller à leur rencontre de villages en villages vauclusiens suivant les dates ci-dessous.

Article signé par Milou à la Houppe.

Sheila lit une deuxième fois l'article avant de répondre à Emile, elle pourrait commencer à lui faire confiance ainsi il les aidera certainement dans cette affaire de corbeau.

De : Sheila84 <<u>sheilatps@blog.tps.com</u>>
Envoyé : dimanche 21 juillet 2019 21:46
À : MilouH
Objet : Re: Article de presse

Bonsoir Emile,
Je vous suis reconnaissante pour votre discrétion sur notre vie privée.
Voici les dates et lieux de notre programme
Mardi 23 juillet 19 h – Bédoin
Samedi 27 juillet 20 h – Brantes
Samedi 3 août 20 h – Cairanne
Jeudi 8 août 19 h – Visan
Mercredi 14 août 19 h 30 - Tintouin
Samedi 17 août 20 h – Saint-Didier
On aimerait avoir un exemplaire du numéro dans lequel paraîtra votre article.
Nous pourrions éventuellement nous revoir pour parler de cette histoire de corbeau.
Cordialement,
Sheila

Sheila clique sur le bouton "envoyer", sans doute un peu trop vite, elle s'en veut de ne pas avoir consulté ses amies avant, mais en relisant son message, elle se dit qu'elle n'a pas été ferme dans sa proposition, "éventuellement" cela veut dire aussi "peut-être", donc aucune promesse.

***

Emile est sous la douche lorsque le mail entre dans les tuyaux et de toute façon, il a éteint son ordinateur signifiant ainsi qu'il ne travaillera plus ce soir. Il a besoin d'un dérivatif sinon cette histoire va tourner à l'obsession, il se connaît. Il termine la lecture du dernier Legardinier pour se détendre et dès les premières lignes, ça ne manque pas, il se met à rire.

Lise, en nuisette, préfère secouer Chocolat au rythme de Imagine Dragons, mais le chat n'est pas d'accord, il manifeste son mécontentement et réussit enfin à s'enfuir en crachant. Pourtant, il n'hésite pas à investir ses genoux lorsqu'elle s'affale sur le canapé, essoufflée.

Les deux amis finissent par s'endormir vers 23 h en pensant l'un à l'autre.

« **Je fais qui tu aimes** » -3-

« Bonjour tout le monde ! Bon week-end ? » lance Emile en traversant la rédaction du Pape-Lare. Lorsqu'il entend le brouhaha général et l'animation qui règnent dans cette salle, un néophyte se demande si quelqu'un travaille et s'il est, en fait, envisageable de pouvoir se concentrer. En pratique, cet open-space permet de communiquer et d'être aux premières loges dès l'arrivée de nouvelles dépêches. En cas de besoin, les journalistes peuvent disposer d'un bureau afin de s'isoler.

Emile s'arrête au coin détente pour récupérer son mug et se servir un thé avant de s'installer à son poste. Ayant reçu une notification sur son mobile, il sait que Sheila lui a répondu. Il branche son portable, l'allume et cherche dans la liste de ses mails celui envoyé par la musicienne. Après l'avoir lu, il insère le programme des TP'S dans son article et le transmet à la secrétaire de rédaction, Sandrine, pour relecture et correction. Il prend le temps de relire le courriel de Sheila avant de se réjouir du contact qu'il a pu établir.

Comme chaque journaliste du Pape-Lare, il traite les dépêches reçues quand son rédacteur en chef l'appelle.

« Emile ! Au bureau ! »

Emile sait qu'il ne faut pas laisser attendre le chef qui court en permanence après le temps.

« Assieds-toi, ferme la porte. J'ai décidé de lancer une nouvelle chronique mensuelle qui va s'intituler "Ca s'est passé le …", je te laisse le choix du sujet pourvu que ce soit un mercredi.
- Quel format ?
- Un feuillet pour commencer. Allez au boulot !
- Merci chef ! »

Emile sort du bureau du chef souriant béatement, signifiant à ses collègues qu'il a eu, au bas mot, une promotion. Ce qui importe, c'est que le chef lui a confié une mission… mais pour quand au fait ? Soudain, Emile s'affole, pour après-demain ? Comme s'il était dans sa tête, le chef crie de la porte de son bureau.

« Le 31 juillet ! »

Le 31 juillet ? Mais de quelle année ? Quel type d'événement ? Son cerveau carbure à tout berzingue lorsqu'il est interrompu par un bip signalant l'arrivée d'un SMS sur son mobile.

Devant la photo de Chocolat : **Coucou mon Weasley[1] préféré** – Weasley étant la famille de rouquin la plus connue, avant ou après Ed Sheeran ? au monde de la planète terre pour ceux qui ne le

---

1 Célèbre famille de la saga « Harry Potter » de J.K. Rowling

savent pas encore – **Comment vas-tu aujourd'hui ? Tu as eu des nouvelles de Sheila ? Lise**

Ca va. Et toi ? Oui, on se voit à 13h30 devant un thé ? Ou un café ? Emile

Chocolat : **Où ?**

Au Café de la Gare ?

Chocolat : **Ok, A tout'**

Emile, de nouveau à son poste, ouvre la page Google de son ordinateur et entreprend une recherche sur Sheila. Evidemment, les liens de la première page parlent tous de cette chanteuse française surtout connue dans les années soixante et soixante-dix, la page deux aussi, puis la page trois. Le journaliste se creuse les méninges et lance une nouvelle recherche Sheila+TP'S qui le renseigne sur une canadienne et la taxe sur les produits et services mais rien sur sa chanteuse. Il associe alors les trois prénoms, Sheila+Suzette+Lily qui lui renvoie à nouveau des liens vers l'interprète de "L'école est finie" ou vers les "Creeps Suzette". Il ajoute TP'S et tombe enfin sur le blog du groupe. Il y déniche quelques photos des filles, un extrait de leur répertoire, leur programme à jour, et une proposition de prestations privées pour des anniversaires, mariages, enterrement de vie de jeunes filles…jusqu'à ce qu'il tombe sur une photo où elles sont quatre. Qu'est donc devenue la quatrième ? La photo semble dater du début de leur formation.

Emile, piqué par la curiosité, saisit son téléphone et rédige

Bonjour Sheila, merci pour votre retour de mail. Ai transmis l'article pour publication. Quand pourrait-on se voir ? MilouH.

Puis il enfile sa veste, ramasse son sac, son portable et regagne sa voiture. Il va se rendre directement au Café de la Gare pour y déjeuner avant l'arrivée de Lise.

***

Lise pose ses crayons, illustratrice, elle travaille chez elle où elle a installé un atelier en sous-pente, les fenêtres de toits laissent passer la lumière du jour directement sur sa table à dessin pour un travail plus précis des couleurs. Dans son dressing, elle choisit une petite robe à fleur, courte et légère, pour cette belle journée d'été ensoleillée. Non pas qu'elle soit encore en pyjama, mais elle a pris l'habitude de s'habiller différemment lorsqu'elle exerce son activité, plus décontractée. L'accès à l'atelier est interdit à Chocolat qui l'attend au pied des escaliers, roulé en boule. Elle le chatouille avec ses orteils, ramasse son sac, enfile des ballerines et sort de son nid en claquant la porte. Elle descend les deux étages à pied en chantonnant, joyeuse. Elle emprunte la rue Carreterie, bifurque Cours Jean Jaurès direction la gare.

A travers la véranda, elle aperçoit son ami, l'observe quelques minutes avant de l'aborder, guillerette. Il lève la tête lorsque sa voix cristalline émet un « Bonjour ! » à la cantonade.

« Vous permettez Monsieur, que je me joigne à vous ? dit-elle d'un ton qui se voulait distingué mais où perçait une pointe d'ironie.
- Of course, très chère, répond-il avec son accent préféré – l'anglais.
- Merci, » tous deux se mettent à rire.

Après avoir consulté la carte et commandé leur déjeuner, ils entrent dans le vif du sujet.

« Sheila m'a donné son accord pour l'article et proposé un éventuel nouvel entretien pour parler du corbeau.
- C'est une bonne nouvelle !
- Oui, et attends, je dois te montrer quelque chose, il sort son mobile. J'ai effectué des recherches sur les TP'S et regarde ce que j'ai pêché. »

Il lui montre la photo dénichée sur le blog.

« Elles sont quatre ! Où est passée la quatrième ? s'étonne Lise.
- C'est justement ce que je me demande. J'ai envoyé un SMS à Sheila pour un rendez-vous. Dès que j'ai un retour, je te contacte. »

Ils terminent leur déjeuner en parlant de choses et d'autres puis ils se séparent pour vaquer à leurs occupations.

***

Dans la soirée, Emile reçoit une réponse de Sheila.

Sheila : **Dès que vous aurez un exemplaire imprimé du journal, venez nous l'apporter et assister à l'un de nos concerts. Cdlt. Sheila.**

D'accord, bonne soirée. MilouH.

Le jeune homme transfère la demande de Sheila à Lise.

Chocolat : **Merci. C'est quand le prochain concert ?**

Demain ou samedi, mais je ne sais pas encore quel jour doit paraître mon article. Dès que j'ai une date, je t'appelle.

Chocolat : **Passe une bonne nuit. Je t'embrasse. Fais de beaux rêves.**

Toi aussi.

C'est sûr, il va faire de beaux rêves aux bras ou dans les bras de Lise, il rougit tout seul à cette simple évocation.

Trois jours plus tard, Emile tient l'édition du jour dans sa main. Il appelle Lise.

« Coucou, tu serais d'accord pour une escapade à Brantes samedi soir ?
- Avec plaisir, tu passes me prendre à quelle heure ?
- Il faut un peu plus d'une heure pour s'y rendre, le concert commence à 20 h. Nous pourrions partir vers 18 h, histoire d'être tranquille.
- Et pourquoi pas 15 ou 16 h pour profiter de la fin d'après-midi sur place ? propose Lise.
- Nous dormirions là-bas ?
- Impossible, ce dimanche c'est loto avec Grand-mère.
- Fort bien Madame, je vous ramènerai chez vous dans la nuit, Emile reprend son faux accent.
- Merci très cher, répond Lise pleine d'emphase, puis elle poursuit sur un ton plus doux. Bisous, à samedi.
- Bisous. »

Il raccroche et envoie un SMS à Sheila.

Rendez-vous samedi à Brantes, avec le journal. MilouH.

Sheila : **Nous vous attendons, nous dînerons ensemble après le concert, vers 22 h.**

Entendu. Bonne soirée. MilouH.

Sheila : **Bonne soirée.**

***

Comme prévu, Emile passe prendre Lise au pied de son immeuble le samedi à 15 h. Ils arrivent à Brantes à 16 h 30 et trouve miraculeusement une place à l'entrée du village. En effet, avec le concert, tous les villageois alentours se sont déplacés pour l'occasion plus quelques avignonnais courageux, abonnés au Pape-Lare.

Avec moins de cent habitants, Brantes voit sa fréquentation multipliée par 100 à l'occasion de cette soirée musicale. Heureusement, beaucoup ont fait du covoiturage pour y assister. Brantes est un petit village perché typiquement provençal, à l'aspect médiéval, il compte tout de même une église, une auberge, un café libraire et une école. C'est du reste dans la cour de l'école que les TP'S ont installé leur matériel. Pour l'heure, on entend que le chant des cigales sous le soleil de plomb, les odeurs de lavande et plantes aromatiques envahissent l'air.

Emile et Lise admirent les ruines du vieux château lorsque Sheila et Suzette font leur apparition ; Lily n'est pas encore arrivée. Après les salutations d'usage, Sheila prend la parole.

« Nous voudrions profiter du retard de Lily pour vous parler. Nous ne souhaitons pas l'informer de cette partie de notre histoire. Je suppose que vous avez fait des recherches à notre sujet ; inutile de nier, c'est logique ; et vous êtes sans doute facilement tombé sur une photo où nous sommes quatre ?

-    Sur votre blog.

-    C'est délicat, mais nous vous remercions de ne pas dévoiler ce que nous allons vous apprendre, Sheila enchaîne rapidement. En fait, il y a une quinzaine d'années, j'ai rencontré une jeune-femme ; environ une dizaine d'années de moins que moi. Elle faisait plus âgée, physiquement d'abord, elle s'habillait comme une pin-up des années cinquante, outrageusement maquillée ; intellectuellement ensuite, très mature, elle refusait de parler de son passé pourtant si court. Il y avait en elle une sorte de relent douloureux. Je puis vous assurer qu'aucune femme ne m'avait jamais attirée ainsi. L'alcool aidant, j'ai succombé et nous avons vécu une aventure sans nom ni prénom de quelques semaines, dans le secret le plus total et puis, un jour, elle a disparu. Je suis allée de l'avant sans me poser de questions et, non, je n'ai pas viré ma cuti pour autant, précise-t-elle devant l'air interrogateur des deux jeunes gens. Par la suite, j'ai rencontré Guitou, on s'est aimé, et on s'aime encore. Vous connaissez la suite. »

Sheila se tourne vers Suzette. Emile et Lise, surpris par ces révélations, sont suspendus à leurs lèvres.

« Il y a quatre ans, poursuit Suzette d'une voix douce. J'ai rencontré une femme de cinq ans mon aînée. Contrairement à Sheila, j'ai déjà été attirée par d'autres femmes, continue timidement Suzette. Mais je n'avais jamais franchi le pas jusqu'au jour... »

Suzette boit un verre d'eau pour se donner du courage et une contenance. Pudique et discrète, elle ne raconte jamais sa vie à personne, et surtout pas à des journalistes curieux et avides de sensationnel, mais elle sentait, surtout parce que Sheila le lui avait dit, qu'elle pouvait avoir confiance en eux, et puis elle ne voulait pas que tout cela soit déballé sur la place publique par le corbeau. Elle persiste donc courageusement à raconter.

« Jusqu'au jour où j'ai croisé le regard de cette femme au look gothique, son regard violet, comme le vôtre, elle dévisage Lise intensément. Dans lequel j'ai plongé jusqu'à me noyer, Suzette reprend son souffle. Elle s'appelait Diane, nous avons sympathisé, après quelques jours, je n'ai pu lui résister plus longtemps. Nous avons entamé une relation d'abord occasionnelle, puis nous nous sommes installées ensemble et nous sommes aimées passionnément pendant un an, elle fixe à nouveau son regard sur Lise.
-    Je vous assure que ce n'est pas moi, dit cette dernière bêtement.
-    Je le sais... mais les yeux violets... c'est rare quand même.

- Cela n'explique pas ce que vous faisiez toutes les quatre sur cette photo, » demande Emile.

Sheila reprend, pour laisser Suzette reprendre son souffle.

« Entre-temps, nous nous sommes rencontrées, Lily, Suzette et moi. Et, comme je vous l'ai dit, Monsieur le Maire de Tintouin nous a proposé de former un groupe de chanteuse.
- Je ne vous ai pas dit, Diane avait une voix hors du commun et elle chantait merveilleusement. Je lui ai donc proposé de se joindre à nous… et quelques jours plus tard… après cette photo… elle a disparu. »

La voix de Suzette se brise, elle s'effondre dans les bras de Sheila.

« Vous ne l'avez pas cherchée ? s'étonnent Lise et Emile
- Elle avait laissé une lettre d'adieu demandant de ne pas essayer de lui mettre la main dessus, conclut Sheila.
- Sans explication ? Vous accepteriez de nous montrer cette lettre ?
- Je ne l'ai pas sur moi, mais je vous enverrai une photo.
- Vous pensez que le corbeau fait allusion à cette idylle ?

- Mais, si c'est terminé, pourquoi n'en parle-t-il pas au passé ? enchérit Lise.
- Je ne sais pas, probablement qu'il ne sait pas tout, répond Suzette dans un sursaut.
- Ou, au contraire, vous avez une autre liaison féminine inconnue de votre… mais pourquoi vivez-vous avec Antoine ? Vous l'aimez ?
- Il y a un malentendu… je vis effectivement avec Antoine… mais nous ne sommes pas amoureux, nous ne sommes pas ensemble !
- Pourtant, Patrick nous a bien dit que vous étiez la femme du frère d'Alain.
- Je ne sais pas pourquoi il vous a dit ça.
- Pourquoi Alain n'a pas démenti ?
- Pour me couvrir sans doute
- Coucou ! Tout le monde va bien ? » Lily arrive s'excusant pour le retard.

Elle s'interrompt devant le visage déconfit de Suzette.

« Que t'arrive-t-il ma chérie ?
- Ce n'est rien, répond vivement Sheila. Nous venons d'apprendre que nous avons été sélectionnées pour le Festival d'Avignon l'année prochaine.
- C'est vrai !?
- C'est même noté dans le journal. »

Sheila secoue le Pape-Lare sous les yeux ahuris d'Emile qui se met à bredouiller.

« Mais…mais…je… »

Lise lui envoie un coup de coude dans les côtes pour qu'il se taise, tout en souriant aux filles pour les féliciter.

« Il nous reste deux petites heures pour répéter et manger un morceau. Il est inutile que l'on se revoit après le spectacle, n'est-ce-pas ?
-    J'imagine que nous nous sommes déjà tout dit. On vous recontactera, répond Lise amusée.
-    Quand vous voulez, et merci encore ! »

Sheila secoue à nouveau le Pape-Lare en riant.

« Mais je n'ai rien promis, dit Emile courroucé à Lise.
-    Tu trouveras une pirouette. Tu es journaliste non ?
-    Quel drôle d'opinion tu as de nous ?
-    Je plaisante. On va manger et on conclut ? »

Sur ce, les deux pseudo-détectives se lèvent et se dirigent vers l'auberge où plus une place n'est disponible, dépités, ils réussissent à s'installer dans un petit coin du café libraire après avoir hésité à rentrer directement sur Avignon.

Malgré le brouhaha, ils réussissent à se comprendre, Emile sort son carnet et prend des notes tandis que la serveuse leur apporte un en-cas club-sandwichs et sodas.

« Premièrement, Alain reçoit une lettre dénonçant sa belle-sœur comme une menteuse.
- Secundo, Suzette reçoit une lettre l'obligeant à révéler au grand jour ses penchants amoureux pour le même sexe. Pourquoi ? »

Après quelques secondes de réflexion ils en viennent à la même constatation.

« Il est indubitablement tordu ce corbeau, pourquoi ne révèle-t-il pas formellement les informations qu'il détient ?
- Il a une prédilection pour les jeux de piste.
- C'est passionnant, souffle Lise.
- Tu es sérieuse ? » interroge Emile.

La voix de Sheila résonne dans les haut-parleurs, il est temps de rentrer dans la fosse.

***

Ils se sont tellement amusés, qu'il est 2 h du matin quand Lise pose sa tête sur son oreiller et s'endort.

Malgré la fatigue, Emile a le cerveau qui bouillonne et il sursaute en se rappelant qu'il doit remettre un feuillet dès lundi à Sandrine pour vérification avant impression.

Rencontre avec Vivienne

Emile passe sa journée de dimanche à préparer son papier pour le 31 juillet. Après de multiples recherches et le constat que les conflits et assassinats marquent l'histoire de leur empreinte chaque jour, il finit par trouver un événement prétexte au voyage.

En fin de journée, épuisé mais satisfait, il adresse un mail à Sandrine.

De : MilouH <miloualahouppe@papelare.com>
Envoyé : dimanche 28 juillet 2019 20:21
À : Sandy <sandrinemunoz@papelare.com>
Objet : 31 juillet – Ca se passe le
⊠ Message 🖹 31 juillet 1990

Salut Sandrine,
Je t'envoie mon papier pour correction et publication
Merci
Cordialement,
Milou H.

Et hop ! Envoyé ! Voilà une bonne chose de faite. Le journaliste, satisfait, se cuisine une omelette aux champignons accompagnée d'un thé, ensuite, il ira se coucher avec un bon bouquin.

Comme prévu, Lise consacre sa journée à sa grand-mère qu'elle est toujours heureuse de rejoindre. Volubile, elle n'a de cesse que de lui raconter l'histoire du corbeau de Tintouin et surtout…

« Eh bien, je suis impatiente de rencontrer cet Emile dont tu me rebats les oreilles depuis ce matin.
- Grand-mère, je ne te parle pas d'Emile, mais du corbeau, répond Lise faussement gênée.
- C'est ce que je dis avec Emile par ci, Emile par là… m'est avis que tu fais plus que l'apprécier celui-là.
- C'est un ami d'enfance grand-mère, se justifie Lise. Mais c'est vrai qu'il est craquant, ajoute-t-elle d'un air gourmand.
- Revenons à notre enquête. Vous n'avez pas découvert les petits trafics de Dominique, je me trompe ?
- Non grand-mère, mais il n'est pas question…
- Teuteuteu, je suis sure que je peux vous aider. Qui se méfierait d'une vieille dame ? J'ai un plan ! Appelle donc ton Emile.
- Je ne peux pas le déranger aujourd'hui, il a un article important à préparer.
- Viens avec lui demain après-midi, alors, je lui offrirai un thé et nous en discuterons. »

Résignée, Lise prend congé de sa grand-mère, enfourche son vélo et fait le tour des remparts avant de rentrer. Elle songe à la proposition de la « vieille dame » qui est loin d'en être une. A 70 ans, elle est extrêmement occupée, le mercredi, elle propose ses services d'assistanat aux devoirs pour les enfants de primaire, le jeudi, c'est club de tricot où avec ses copines, elle confectionne des écharpes, bonnets et pulls pour les travailleurs pauvres ou les SDF, le vendredi, aquagym, le lundi, elle ajoute sa voix à la chorale et le mardi, c'est marche nordique. Et comme si cela ne suffisait pas le dimanche c'est loto ou jeux de sociétés avec ses amis.

Demain, à la première heure, elle appellera Emile… non, elle lui enverra un sms.

***

Lise fait couler son café, attrape son mobile et tape sur le clavier virtuel

Bonjour Emile, il faut que l'on se voie cette après-midi.

« Zut ! C'est un peu trop directif. » se sermonne-t-elle, mais trop tard le message est parti.

Si tu veux. Bisous

Puis elle s'habille, elle doit livrer ce matin ses derniers dessins qui devraient illustrer un livre qui parle d'une petite grenouille.

La semaine commence bien se dit Emile en consultant son téléphone, il répond à Lise.

On se voit pour déjeuner ?

Chocolat : **En fait, ma grand-mère nous attend pour le thé.**

Chocolat : **Je déjeune avec un client.**

Ah ?

Chocolat : **Tu passes chez moi à 16 h ?**

Ok

Emile est dubitatif, il est même un peu inquiet. Les événements prennent une drôle de tournure. Il est indubitable qu'il est attiré par Lise, mais tout de même de là à une présentation officielle. Il se décide à ajouter

Ok, mais pourquoi ?

Chocolat : **Elle veut nous aider**

Chocolat : **Je n'aurai pas dû lui en parler ?**

Aucun souci, je comprends

Après une hésitation, il ajoute.

Si mon grand-père était encore là, je lui en parlerais

Chocolat : **Je suis soulagée.**

Chocolat : **Désolée, pas pour ton grand-père bien sûr**.

A tout à l'heure

A présent, Lise est mal à l'aise, elle est pressée de s'assurer que son ami n'est pas blessé, mais à dire vrai, Emile n'est nullement contrarié, il est heureux.

***

Comme convenu, Emile passe prendre la jeune-femme devant chez elle et ils font le trajet à pied jusque chez la « vieille dame ». Elle lui expose brièvement la situation et leur conversation de la veille. Finalement, ils arrivent enthousiastes à l'idée de connaître le plan.

« Bonjour, je vous attendais, grand-mère les reçoit avec un grand sourire.
- Grand-mère, Emile ; Emile, Grand-mère.
- Appelez-moi Vivienne.
- Bonjour Vivienne, Lise m'a souvent parlé de vous.
- Quant à moi, je ne peux pas dire qu'elle ait souvent parlé de vous… mais beaucoup, ça c'est sûr ! »

Cette assertion lui vaut une petite tape sur le bras, pour une fois Emile observe, non sans une certaine satisfaction, que c'est Lise qui est confuse alors que la pétillante Vivienne lui adresse un clin d'œil.

« J'ai infusé du thé, suivez-moi. »

Ils traversent l'appartement qui ressemble à un immense jardin d'hiver avec toutes ces plantes en pot, Lise se demande une fois de plus, comment sa grand-mère trouve le temps de s'occuper de ses végétaux. Vivienne les installe dans la cour arrière de sa maison qui fait office de jardin où un magnifique avocat se dispute la place avec un mûrier platane dont les fruits vont bientôt tacher les pierres plates couvrant la partie terrasse de la cour. A l'abri de la chaleur, ils partagent une boisson douce-amère parfumée aux agrumes. Vivienne prend la parole.

« Lise m'a donc parlé de votre corbeau et j'ai une idée pour découvrir les petits trafics du restaurateur, si trafic il y a.
- Nous sommes tout ouïe.
- Il faudrait nous rendre au village, mais séparément, après une période d'observation, je pourrais me présenter au commerçant et essayer de rentrer dans ses combines. Ne sachant pas que nous sommes liés, il ne se méfiera pas de la vieille dame que je suis.
- Grand-mère, tu es loin d'être une vieille dame !
- Lise a raison, vous avez l'allure d'une jeune-femme !
- Flatter la grand-mère pour avoir la petite-fille, c'est malin. » réplique Vivienne avec un air faussement soupçonneux.

Evidemment Emile se met à rougir, tandis que Vivienne et Lise échangent un regard complice. Le jeune homme se dit qu'elles sont tout aussi espiègles l'une que l'autre. Il les regarde, pas besoin de logiciel de morphing pour connaître le visage de Lise à ses 70 printemps, elles se ressemblent tellement, si belles, avec la même couleur d'iris si particulière, violette, pas comme ces petites fleurs délicates si parfumées, non un violet plus pâle, plus discret et en même temps si limpide qu'on voudrait y plonger sans retenue. Emile reprend ses esprits en entendant le bip de son mobile lui annonçant l'arrivée d'un mail, il le consultera plus tard et poursuit la conversation.

« Par contre, nous devrions nous y rendre en semaine, car je n'ai rien remarqué de particulier le samedi ou le dimanche.

- Nous sommes d'accord, laissez-moi le temps de prévenir mes amis que je ne serai pas disponible. Pour une fois, ils pourront se passer de moi… et pendant les vacances il y a moins d'activité. Il faudrait réserver les chambres pour deux ou trois nuits ?
- Je m'en occupe.
- Je ne peux pas me libérer avant la semaine prochaine, indique Lise.
- Si nous faisions ça de mardi à jeudi ou vendredi ?
- A partir du mardi jusqu'au vendredi, cela me paraît convenir. » conclut Vivienne.

Ils terminent leur thé sur des anecdotes du temps passé, Emile parle un peu de son grand-père, Lise de ses parents. Lorsqu'ils prennent congé, la soirée est bien entamée. Ils décident de la prolonger dans un petit bistrot tout près du cours Jean-Jaurès.

Lorsque Lise retrouve Chocolat dans son lit, elle est prête pour des rêves tendres tandis qu'Emile s'endort en admirant le visage des deux femmes côte à côte dans une harmonie parfaite.

« TU DOIS ARRETER TES PETITS TRAFICS, SINON… » -2-

Pour nos trois protagonistes, la semaine est passée à une vitesse folle. Vivienne leur a proposé un déjeuner à trois le dimanche midi et ils ont pris la route le mardi matin pour Tintouin. Ils ont longuement hésité à mettre Patrick, l'oncle d'Emile, dans la confidence et finalement renoncé afin que leur plan reste secret. Ils ont même laissé Vivienne sur la route pour qu'elle prenne le car qui la déposera sur la place du village. Nos espions en herbe sont enfin en action.

***

Vivienne se présente à l'entrée d'une maison dont l'enseigne ne fait aucun doute « Ici, c'est chez vous ! »

« Bonjour, je m'appelle Vivienne et j'ai retenu une chambre pour trois nuits
- Bonjour, votre chambre est au rez-de-chaussée. Suivez-moi. »

Patrick guide Vivienne jusqu'à sa chambre, le maire du village gère aussi la seule maison d'hôte du patelin.

« Qu'est-ce qui vous amène au fin fond de notre beau département ?
-   J'avais besoin de fuir notre belle capitale et sa horde de touristes.
-   Pour sûr, en Avignon, en cette saison, vous devez manquer de tranquillité. »

Il est vrai que les Français, surtout les anciens, sont chauvins et quand on parle de capitale, c'est fatalement celle de la région.

« Même si le festival est terminé, Avignon reste une ville attractive et animée.
-   Vous allez me trouver indiscret mais il me semble que votre prénom ne m'est pas inconnu.
-   Oh vous savez, des Vivienne de mon âge, il y en a et puis c'est un prénom d'origine provençal alors ici il doit y en avoir encore plus. »

En réalité, Vivienne vivait à Tintouin lorsque Patrick était un bambin.

« Vous serez confortablement installée ici, la chambre donne sur le jardin derrière la maison, au calme.
-   Je vous remercie Monsieur le… euh pardon, rappelez-moi votre nom ? »

Patrick aurait juré que Vivienne allait l'appeler "Monsieur le Maire", mais il devait se tromper.

« Appelez-moi Patrick, je suis le maire du village.

-   Alors enchantée Patrick.
-   Enchanté Vivienne, je vous laisse vous installer et vous souhaite un agréable séjour parmi nous. »

Il s'en retourne à l'entrée de sa maison.

« Ah ! Vous voilà les enfants ! Je suis content de vous voir, j'espère que vous avez du nouveau. Vous aurez les chambres sous les toits comme d'habitude. »

Lise et Emile grimpent à l'étage déposer leurs sacs tandis que Vivienne, guettant leur sortie, accapare Patrick.

« Vous pourriez m'indiquer où je pourrai dîner ce soir ?
-   Ce n'est pas difficile, le restaurant de Dominique, le seul de notre belle bourgade, est juste en face. Vous pourrez y dîner, petit-déjeuner et déjeuner. »

Les jeunes gens, ayant perçu leurs voix, descendent afin de provoquer la rencontre "inattendue".

« Vous tombez à pic, Vivienne voulait justement aller dîner.
-   Bonjour Madame, entonnent-ils en chœur.
-   Bonjour ?
-   Il s'agit de mon neveu Emile et de son amie Lise.
-   Enchantée. » répond Vivienne tout en se demandant soudain comment Patrick ne pourrait

pas relever la ressemblance entre les deux femmes, il faut éviter à tout prix qu'elles soient côte à côte.

Elle fait part, discrètement, de son idée à Emile et ils décident de ne pas se restaurer ensemble ce soir-là en optant pour deux tables à chaque extrémité de la place.

Dominique leur offre un apéritif, et s'enquiert des suites de leur enquête.

« Vous avez du nouveau ?
- Oui et non, nous avons résolu plusieurs énigmes mais il nous en reste une.
- Si ça concerne mes petits trafics, je peux assurer qu'il n'y a pas de quoi fouetter un chat.
- Donc, vous admettez.
- Je n'admets rien du tout, il n'y a pas de quoi fouetter un chat parce qu'il n'y a rien ! Point barre !
- Pourtant votre femme nous a bien parlé d'un appel suspect.
- Elle a dû mal comprendre. De toute manière, c'est le corbeau que vous devez débusquer. »

Dominique repart avec la commande des deux tourtereaux car il est incontestable qu'il y a quelque chose entre ces deux-là.

Vivienne, de son côté, profite de son repas pour observer les clients, les promeneurs, les allées et venues des patrons, mais rien de suspect à l'horizon. Elle reste jusqu'à la fermeture puis gagne sa chambre pour une bonne nuit de sommeil.

Le lendemain, lorsque les jeunes gens se présentent pour le petit-déjeuner, Vivienne a déjà terminé et se prépare à se dégourdir les jambes. Ils font ainsi des roulements toute la journée espérant déceler un indice, ou que Dominique ou Domi se trahisse. Ce n'est qu'au soir du deuxième jour que Vivienne remarque des gens à l'arrière du restaurant après la fermeture. Elle décide de s'avancer vers le groupe et s'aperçoit que des personnes entrent les mains vides quand d'autres émergent les mains pleines.

« Excusez-moi, qu'est-ce que vous venez chercher ? D'abord méfiant, le monsieur se détend lorsqu'il voit une dame de 70 ans s'adresser à lui.
- Bonsoir Madame, vous n'êtes pas du village ?
- Non, je suis une touriste en goguette, sourit Vivienne.
- Bienvenue alors, je me présente, Antoine.
- Vivienne, elle lui tend la main sur laquelle il dépose un baiser avec un petit sourire et le regard pétillant. Monsieur est un gentleman.
- Pas avec toutes les dames, je vous l'assure, réplique une voix féminine et sarcastique. Bonjour, je suis Sheila. »

A la lueur de la lune, Sheila est frappée par la couleur des yeux de la vieille dame. C'est incroyable ce qu'elle vous ressemble ! Le regard de Sheila parle pour elle.

« Ne dites rien, s'il vous plait, souffle Vivienne.
-   A qui ? demande Antoine
-   Oh, une vieille amie, renchérit Sheila qui se promet de découvrir le fin mot de cette histoire. Vous venez faire quoi ici ?
-   Je suis venue me reposer, Avignon est trop animé en cette saison. Je cherchais le bourg le plus éloigné de chez moi.
-   C'est sûr que là, vous êtes au fin fond du département. Rendez-vous demain matin au bord du Rieu Sec, je serais heureuse de vous parler de l'histoire de Tintouin. »

Vivienne accepte comprenant qu'elle est ainsi congédiée. De retour à la maison de Patrick, elle gravit les quelques marches qui la mènent sous les toits. Elle toque légèrement à une porte qu'elle ouvre sans attendre de réponse.

« Grand-mère ! Bonsoir, tu as des nouvelles ?
-   Derrière le restaurant, des gens se réunissent, entrent dans une arrière-salle les mains vides et ressortent les mains pleines. J'y ai accosté un certain Antoine et Sheila s'est présentée. Elle t'a reconnu en moi et m'a donné rendez-vous demain au bord du Rieu Sec.
-   Mince, tu veux que je t'accompagne ?

-   Non, je veux d'abord savoir ce qu'elle a à me dire. Jusque-là, on va encore se la jouer discrète.
-   A part ça, comment vas-tu ?
-   Parfaitement, Antoine est un charmant garçon
-   Un peu jeune pour toi, Grand-mère, s'offusque Lise tout de même amusée
-   Tu sais que j'apprécie les jolies choses, ironise Vivienne. Bon, c'est pas tout ça mais je vais me coucher. Bonne nuit, ma chérie.
-   Bonne nuit Grand-mère. »

Elles s'embrassent et se préparent à passer une nuit peuplée de charme.

***

« J'arrive ! Arrêtez de frapper comme des sourds, vous allez démonter la porte ! »

Sheila sort de la cuisine passablement agacée par tout ce vacarme. Lorsqu'elle découvre qu'il s'agit d'Emile et Lise, elle s'énerve.

« D'abord Vivienne qui me pose un lapin ce matin, puis vous qui tambourinez comme des malades ! Qu'est-ce qui vous prend ?! »

Les deux jeunes gens surpris, s'étonnent.

« Comment ça, un lapin ? Vous ne l'avez pas vu ?

-   Je l'ai attendu plus d'une heure et comme il s'est mis à pleuvoir, je suis rentrée.
-   On ne l'a pas vu non plus ce matin.
-   On est allé voir sur le bord de la rivière et comme vous n'y étiez pas ni l'une ni l'autre et qu'elle ne répond pas au téléphone, nous voilà.
-   Dites-moi qui elle est pour vous ?
-   C'est ma grand-mère et elle s'est proposé de venir nous aider dans l'affaire du corbeau. »

Il était vain de dissimuler la vérité.

« Qui est au courant ? demande Sheila.
-   Personne, à part vous désormais.
-   Pourquoi lui avoir donné rendez-vous ce matin ? demande Lise.
-   Je voulais l'éloigner, hier soir et… j'étais intriguée.
-   Vous n'aviez rien à lui dire ?
-   En fait… non. Je vous l'ai dit, j'étais intriguée et je voulais savoir pourquoi… enfin, ce que vous maniganciez.
-   Vous cherchez à couvrir les arrières de Dominique, seulement maintenant, il n'est plus question de cacher quoi que ce soit, c'est trop grave, ma grand-mère a disparu. Racontez-nous, ce que vous savez.
-   Vous vous êtes rendu compte qu'il n'y a pas de tabac au village ?
-   Nous ne fumons pas.

- Vous faites une drôle d'équipe d'enquêteurs alors ?
- Parce qu'on ne fume pas ?! s'indignent-ils en chœur
- Non ! Parce que vous ne l'avez pas remarqué !
- Il fait donc du trafic de cigarettes de contrebande.
- Disons qu'il prête son arrière-salle à un revendeur. Mais, il n'y gagne rien, il ne fait que nous rendre service, ajoute-t-elle précipitamment.
- Ca reste de la complicité, tout de même, il peut perdre son commerce.
- Nous ne voulons pas qu'il ait des ennuis, assure Lise.
- Une dernière question ; Domi est au courant ? interroge Emile.
- Je ne crois pas, il veut la protéger.
- Ca élargit le nombre de corbeaux potentiels.
- Et si la disparition de ma grand-mère est liée à ce trafic, cela peut mal tourner. » se désespère Lise.

Pour la première fois, après la panique, Emile voit la tristesse s'emparer de son amie si gaie habituellement.

« Nous allons la retrouver, il ne s'agit que de cigarettes après tout, cela ne peut pas être si dramatique. »

C'est alors que résonne une sonnerie de téléphone.

« C'est ma grand-mère ! Lise décroche. Grand-mère ! Où étais-tu passée ? Je suis morte d'inquiétude.

- Désolée ma chérie mais j'ai découvert ce qui se trame derrière le restaurant.
- Un trafic de cigarettes ! On le sait aussi.
- Depuis quand ? Je suis déçue, moi qui espérais vous impressionner, s'offusque Vivienne.
- Depuis que nous enquêtons sur ta disparition ! lui reproche Lise.
- Mais, une disparition, ce n'est pas au bout de 24 heures ? s'amuse Vivienne.
- Mais où es-tu, au juste ? interroge Lise suspectant une facétie à ses dépens.
- Je vous attends au restaurant ! Je vous invite pour le déjeuner. Elle raccroche en souriant sans laisser la parole à son interlocutrice mi amusée, mi agacée.
- Nous devons partir, excusez-nous de vous avoir dérangé et merci pour l'information.
- Heureuse que votre grand-mère soit réapparue. Et, s'il vous plaît, n'attirez pas d'ennuis à Dominique, il ne fait que nous rendre service, supplie Sheila en refermant sa porte sans attendre de réponse.
- Qu'est-ce qu'elle a encore fabriqué ? » demande Lise.

Emile se tait, sachant que la question ne s'adresse pas à lui. Ils font le chemin en silence jusqu'au seul commerce de Tintouin où ils sont accueillis avec entrain par Vivienne, l'air réjoui de sa bonne farce.

« Grand-mère, nous étions vraiment inquiets, s'indigne sa petite-fille avec une expression de mécontentement démentie par son regard rieur.
-      Vous avez passé une bonne matinée, je vois, ajoute Emile en souriant. Vous vous êtes bien jouée de nous.
-      Je n'en avais pas l'intention… mais j'avoue que cela m'amuse beaucoup. »

Tous éclatent de rire. Après avoir commandé leur déjeuner, Vivienne raconte.

« Il faudra que j'appelle Sheila pour m'excuser. Antoine est arrivé pour le petit-déjeuner et nous avons entamé une discussion fort captivante ; il est proprement charmant ce jeune-homme ; et il m'a proposé de l'accompagner jusque chez lui.
-      Grand-mère ? Tu n'as pas fait ce que je pense ?
-      Allons, jeune-fille, cela ne te regarde pas. »

Vivienne ajoute un clin d'œil à son texte et Emile se tortille sur sa chaise.

« Tout ce que je peux te dire, c'est que nous n'avons pas vu le temps passé et qu'au détour de nos… conversations, j'ai appris que trafic de cigarettes il y avait dans l'arrière-salle du restaurant, une fois par mois. Nous avons eu de la chance, nous serions venus une semaine plus tôt ou plus tard, nous n'aurions rien su. »

Patrick accoste alors le trio.

« Je vois que vous faites un brin de causette ! il marque un temps d'arrêt, estomaqué en voyant les deux femmes côte à côte. Ca y est, je vous reconnais ! » s'écrie-t-il vexé, à la fois par son manque de discernement et le mensonge éhonté des trois personnes qui lui font face en souriant comme pour le narguer, sa moustache se met à friser dangereusement.

« Allons mon oncle, ne vous énervez pas, ce n'est pas bon pour votre moustache ! plaisante Emile, je te présente Vivienne, la
- Grand-mère de Lise. J'ai compris, je ne suis pas complètement idiot ! il tire une chaise et s'assied avec fracas.
- Nous sommes désolés de t'avoir caché la vérité. Techniquement, on ne t'a pas menti, c'est toi… Emile s'interrompt devant l'air de plus en plus courroucé de son oncle. On va t'expliquer. »

Vivienne a pris la responsabilité de la situation et détaillé son plan en posant une main délicate sur le bras de Patrick qui peu à peu s'est radouci.

« Vous savez ce qu'il trafique ? chuchote Patrick, les trois se regardent.
- Malheureusement, non, et nous devons partir cette après-midi.
- Je peux prolonger la surveillance ? propose Monsieur le Maire.

- Vous nous rendriez grandement service ! » s'enthousiasment-ils se mettant ainsi définitivement Patrick dans la poche.

Dominique ne risque rien puisque le prochain échange de marchandises n'aura lieu que dans un mois. D'ici une semaine ou deux, ils pourront en conclure que le corbeau a une fois de plus menti ou mieux encore, ils l'auront démasqué.

***

Dans la voiture qui les ramène en Avignon, Vivienne, Lise et Emile font le point. Il parait évident que le corbeau est un petit malin, il n'est pas familier des agissements des villageois. En partant de simples observations, il émet des supputations qu'il envoie sur papier anonymisé à ses victimes pour leur faire peur, mais dans quel but ? Il est indéniablement temps d'étudier de plus près la facture des missives et le mobile.

« Les ſecrets de la confession ſeront bientôt révélés »

Ce samedi 10 août, à Tintouin, se tient le Conseil municipal qui doit finaliser la fête du 15 qui doit avoir lieu le 14.

Comme toujours, l'équipe est au complet et la discussion très animée lorsque Pépé, le doyen du village, entre dans la salle du conseil en hurlant aussi fort qu'il le peut, levant les bras au ciel, tel un vieux singe, tout barbu et poilu qu'il est.

Les conseillers, peu impressionnés, prolongent leur débat lorsqu'ils s'aperçoivent que Pépé est accompagné de tout le village ou presque.

« Que se passe-t-il encore !?
- C'est le week-end de Monsieur le Curé, et il n'est pas là !
- Je n'y peux rien, je vous rappelle que la séparation de l'Eglise et de l'Etat a été votée en 1905 ! Donc, débrouillez-vous ! Reprenons, ajoute Patrick à ses collaborateurs, refermant la porte de la mairie.
- Comme prévu, nous assurerons le show, confirme la voix fluette de Suzette.

- Voici les flyers, Alain a imprimé des affichettes, je vais faire le tour des villages voisins cette après-midi.
- Pour éviter les incidents de la dernière fois avec les tables et les chaises, nous ferons l'installation mercredi matin, précise Dominique.
- J'ai commandé des structures gonflables pour les enfants, mais la pêche aux canards a refusé de revenir. Quelqu'un a-t-il une idée ? ajoute Patrick.
- On pourrait installer un stand de tir sur des boîtes de conserve, suggère Suzette. Et Antoine pourrait exécuter quelques tours de magie et fabriquer des animaux en ballon. »

Le vote se fait à main levée.

« Puisque nous sommes tous d'accord, levons la séance, nous avons du pain sur la planche. » conclut Patrick

Dehors, les administrés n'ont pas décoléré et attendent de pied ferme Monsieur le Maire qui, sous la pression, accepte d'ouvrir l'église et appelle Monsieur le Curé, qui reste injoignable.

Dans le seul confessionnal et à l'intérieur des rares missels, éparpillés de-ci de-là sur les chaises prie-dieu, les paroissiens mettent au jour le même texte imprimé.

« Les ſecrets de la confession ſeront bientôt révélés »

Il s'en suit un brouhaha qui enfle de plus en plus, Patrick monte en chaire pour se faire entendre.

« Allons ! Je vous en prie, nous sommes dans la maison de Dieu ! Taisez-vous ou sortez ! »

Tous se précipitent alors à l'extérieur. Patrick a réussi à récupérer une feuille qu'il photographie avec son téléphone portable.

***

Ce même samedi, Emile reçoit chez lui Lise et Vivienne. Il a préparé un tableau où il a récapitulé les informations en leur possession.

Il a disposé sur la table une théière, des tasses à thé et à café, des verres et des assiettes à dessert, un plateau sur lequel des gourmandises colorées n'espèrent que Lise pour être appréciées à leur juste valeur, du jus de pomme et du jus d'orange. Dans la cuisine, l'eau est prête à chauffer et la cafetière n'attend que le gaz pour chuchoter. Il accueille ces dames avec un fouet et un saladier où monte joyeusement une chantilly d'une pureté virginale.

« On dit que les femmes sont bonnes à marier lorsqu'elles savent mélanger la salade, mais toi tu es parfait à épouser avec ta chantilly ! » déclare Lise, espiègle. Comme toujours Emile ne sait comment réagir, il rougit.

Elles s'installent autour de la table et observent le tableau tandis qu'Emile en fait une relecture.

« 1ère lettre : Vous apprendrez cher monsieur… Adressée à Alain, concerne Suzette.
2ème lettre : Tu dois arrêter… Adressée à Dominique, concerne Dominique.
3ème lettre : Je sais qui tu aimes, adressée à Suzette, concerne Suzette.
1ère et 3ème lettres : Il s'agit probablement des amours supposées cachées de Suzette.
2ème lettre : Il s'agit du trafic de cigarettes de contrebande.
Nous pouvons d'ores et déjà affirmer que le corbeau a observé des attitudes précises pour cibler ses victimes, mais il ne sait pas véritablement ce dont il s'agit. En effet, un corbeau digne de ce nom serait plus précis dans ses accusations. Il parle de petits trafics pour le restaurant, mais pas de cigarettes, il a dû observer les allées et venues derrière l'arrière-boutique le soir. Il parle de mensonges et suppose un amour caché, sans doute s'est-il aperçu qu'Antoine était toujours absent et que Suzette recevait souvent en toute discrétion. C'est, à l'évidence, un fin psychologue qui cherche à semer la zizanie.

Pour la facture des plis, nous avons les deux premiers confectionnés avec des lettres découpées dans des journaux, le 3ème… »

Le mobile du journaliste se met à vibrer, l'écran affiche "Tonton Patrick", Emile décroche puis raccroche après quelques secondes en fixant l'écran de son téléphone.

« Les villageois ont trouvé une nouvelle lettre dans l'église, mon oncle m'a envoyé une photo, regardez. »

"Les fecrets de la confession feront bientôt révélés".

Tandis que Vivienne et Lise observent l'image, Emile met à jour son tableau et reprend sa relecture.

« 4ème lettre : Les secrets…Déposée dans l'église en plusieurs exemplaires, concerne les fidèles.
Là encore, il serait étonnant que le corbeau sache ce que les fidèles ont confessé à Monsieur le Curé, mais il cherche à semer le doute.
- A moins qu'il n'ait caché un micro dans le confessionnal, suggère Vivienne avec un petit rire mutin. On se croirait dans un film d'espionnage, comme c'est amusant. Il y a tout de même quelque chose qui m'intrigue, mais je n'arrive pas à savoir ce que c'est, reprend-elle plus sérieusement.

- Je vais rappeler mon oncle, Emile met le haut-parleur. Dis-moi, c'est le curé qui t'a remis cette lettre ?
- Non, Monsieur le Curé, personne ne l'a vu aujourd'hui. Alors j'ai ouvert l'église pour être sûr qu'il n'était pas enfermé à l'intérieur, il aurait pu faire un malaise en arrivant ce matin sans que quiconque ne le voie, tu comprends ?
- Oui, oui, mais alors ?
- Les gens ont voulu tout de même s'installer pour prier et c'est là qu'ils ont ouvert les missels et en lisant la lettre tout le monde s'est précipité vers le confessionnal où il y avait un énième exemplaire !
- Pour vous rassurer, nous considérons que le corbeau ne sait rien, qu'il fait cela pour diviser les habitants…
- Et si c'était le curé ?
- Le corbeau ? Ce serait trop simple.
- Alors, son complice. Pourquoi aurait-il disparu ? Il ne répond même pas au téléphone !
- Il doit y avoir une autre explication, mais c'est vrai que cela demande réflexion. Non, cela paraît improbable, c'est lui qui aurait dû ouvrir l'église.
- Peut-être que le corbeau le torture pour recueillir les confessions !? s'inquiète Patrick, Emile ne peut s'empêcher de rire.
- Allons mon oncle, nous ne sommes pas dans un de ces films d'espionnage ! Tu devrais t'associer avec Vivienne pour écrire un scénario, le titre serait

- "Le corbeau sanglant de Tintouin !" lance avec emphase Vivienne.
- Ce n'est pas drôle, ça ne me fait pas rire du tout cette histoire !
- Tonton, il est probable que Monsieur le Curé a eu un empêchement et lorsque tu l'apprendras, tu en plaisanteras avec nous.
- Est-ce que tu as toutes les lettres ? demande Lise à Emile.
- Oui, je vais les sortir. Au-revoir, tonton, je te rappelle dès que j'ai du nouveau. »

Les deux femmes se joignent à Emile pour quitter Patrick. Le jeune homme étale les 3 missives en sa possession et pose la photographie imprimée qu'il vient de recevoir.

« Je sais ! s'exclame soudain Vivienne. Je me rappelle ces caractères d'impression, j'ai un texte imprimé comme ceci chez moi. »

En y regardant de plus près, Emile et Lise s'aperçoivent que l'écriture bave un peu et que certains S ressemblent à des F, comment n'ont-ils pas pu s'en apercevoir plus tôt !?

« Ce n'est assurément pas imprimé à partir d'un ordinateur ! s'exclame Emile.
- Chez un imprimeur ? demande Lise.
- Qui réalise du travail de cochon alors, parce que de nos jours les impressions ne bavent plus

- C'est cela, de nos jours, mais si ce texte avait été écrit… dit Vivienne sur un ton mystérieux.
- Dans le passé ?
- Non, mais avec une presse du passé ! Il faut impérativement que vous voyiez le document que je possède et que je vous raconte d'où il vient.
- Nous allons d'abord déguster ces délicieuses petites choses, intervient Lise en désignant le plateau sur la table. Cela fait trop longtemps qu'elles me font de l'œil. »

Après avoir avalé leur thé, nos trois amis se dirigent chez Vivienne. Elle les amène dans son bureau-bibliothèque-cabinet de curiosité. C'est une pièce d'une douzaine de mètres carrés, un tapis moelleux recouvre la moitié du sol. Lorsque Lise était enfant, elle prenait plaisir à s'y allonger avec un livre, parfois son grand-père s'installait dans son fauteuil en cuir à oreillettes pour lui raconter ses voyages. Le mur le plus long sur la gauche est tapissé d'étagères remplies de livres et d'objets hétéroclites achetés ou trouvés un peu partout dans le monde. Derrière le meuble de bureau, de grands rideaux occultants cachent une grande porte-fenêtre. Sur le mur, face à la fenêtre, sont accrochés différents cadres contenant des photos des êtres aimés, de souvenirs et parmi eux un sonnet de Christophe Plantin[2].

---

2 Relieur et imprimeur Anversois, né en 1520 et mort en 1589. Copie du sonnet à la fin de l'ouvrage.

« Il y a quelques années, nous avons visité le musée Plantin-Morétus[3] à Anvers. Une dame tout à fait adorable qui connaissait la Côte d'Azur pour y avoir séjourné, adolescente, avec ses parents, qui parlait donc le français, nous a expliqué le fonctionnement de la presse d'imprimerie datant du XVIème siècle. Pour l'exemple, ton grand-père a pu presser lui-même ce sonnet qu'elle nous a gentiment offert. Entre nous, je la soupçonne d'avoir légèrement dragué mon défunt mari, ajoute Vivienne en riant, elle n'avait aucune chance.

- Les caractères sont les mêmes que sur les lettres du corbeau, mais elles ne peuvent pas venir de Belgique, s'étonne Lise.

- Certainement, mais il y a à Avignon un musée de l'imprimerie, le musée Aubanel.

- Il a été fermé, il y a presque 20 ans, affirme Emile.

- C'est exact, et il a été réhabilité et abrite aujourd'hui des logements. Mais au rez-de-chaussée, a été conservé du matériel d'imprimerie, entre autres des presses.

- Il faudrait vérifier si elles ont été utilisées récemment. »

---

3 Morétus, Jan de son prénom, était le gendre de Christophe Plantin, il prit la suite de son beau-père dans la direction de l'imprimerie

Un cabaret, un musée, une bibliothèque

Emile, Lise et Vivienne s'étaient réparti les taches afin de récolter des informations. Vivienne avait incontestablement choisi le cabaret existant en lieu et place de l'ancienne imprimerie, Lise visiterait le Palais du Roure où se trouvait désormais une partie des fonds de la maison Aubanel tandis qu'une autre partie était visible à la bibliothèque municipale investie par Emile qui se rendrait également à l'ancien musée pour y observer les presses.

***

Le cabaret avait conservé sa structure architecturale avec sa magnifique toiture en verrière, un lustre monumental fait de pampilles en verroterie était suspendu à environ 10 mètres au-dessus de la tête de Vivienne. Au premier étage, des coursives ouvertes en balcon avaient été aménagées pour accueillir des convives à l'heure du thé ou pour le café suivi du digestif après le repas. Des sofas, fauteuils et chaises capitonnés étaient disposés de façon plus ou moins anarchiques autour de petites tables de différentes hauteurs, des appliques murales diffusaient une lumière tamisée. De là-haut, on pouvait observer la salle, la scène ou simplement profiter de la musique, des rires et du brouhaha des conversations qui montaient vers les cieux jusqu'à Dieu, de manière étouffée pour ne pas le déranger.

Pour l'heure, l'immense et magnifique salle aménagée en restaurant était vide. Les piliers métalliques et boulonnés dans le style Eiffel soutenaient majestueusement les balcons et rythmaient vos pas jusqu'à la scène qui semblait minuscule vu de l'entrée. L'Art-Déco était partout.

Vivienne ferme les yeux, elle entend les voix qui s'entremêlent, le cliquetis des couverts qui s'entrechoquent, les musiciens accorder leurs instruments. Elle voit les convives en tenue de gala, le bal des serveurs entre les tables puis petit à petit le décor disparaît, reste cette immense salle, où sont installées les presses d'imprimerie, les centaines de tiroirs renfermant des millions de caractères, l'odeur de l'encre remplit l'atmosphère, les ouvriers se bousculent...

« Bonjour madame, Vivienne sort en sursautant de son voyage temporel, elle serait volontiers restée là-bas, encore un peu. Excusez-moi, je vous ai fait sursauter.
- Bonjour, ce n'est pas grave, nous avions rendez-vous.
- Oui, tout à fait. Vous souhaitiez visiter l'endroit ?
- Oui, je fais partie d'une branche éloignée de la famille Aubanel, ment-elle. Et je cherche d'anciens

documents ou objets qui me permettraient de retracer leur... l'histoire de mes ancêtres.
- Mais bien sûr, je vous en prie.
- Puis-je prendre quelques photos ?
- Sans aucun problème. Je vous laisse seule. Si besoin était, je serais dans les cuisines, au fond à droite.
- Je vous remercie. »

Vivienne se replonge dans son voyage, mais le charme est rompu et le temps passe, elle doit achever sa visite avant l'arrivée des artistes et des clients.

***

On accède au Palais du Roure, centre de culture provençal, par une porte dont Lise admire le superbe fronton représentant des branches de mûrier évoquant l'origine de cet hôtel particulier. Après avoir passé l'entrée, elle traverse la cour intérieure pour pénétrer dans le bâtiment principal. Une fois son billet en poche, elle entreprend une énième visite à la recherche des fonds de la maison Aubanel.

Lise connaît par cœur les mobiliers, tableaux, sculptures et œuvres d'art, l'impressionnante collection de cloches de Jeanne de Flandreysy[4], tous

---

4 Femme de lettres françaises, propriétaire du Palais du Roure de 1918 à 1944

ces témoignages du passé qui retracent l'histoire et les traditions provençales. Habituellement, elle prend son temps, parfois elle passe une heure voire plus dans la même pièce, respirant l'odeur du mobilier, animant les personnages qui s'y trouvent pour qu'ils lui racontent leur vie, mais aujourd'hui elle doit se hâter. Elle se souvient d'une presse d'imprimeur, quelque part, et lorsqu'elle la localise enfin, déception, celle-ci provient d'une autre imprimerie. Cependant, Lise tente de l'ouvrir en vain, elle semble scellée.

« Mademoiselle, vous savez bien que vous n'avez pas le droit de manipuler les objets exposés ! »

Pourtant, le gardien sait que la jeune femme ne peut s'empêcher de les tripoter "Comment connaître son propriétaire sans caresser, manipuler ce qui lui a appartenu ? S'il vous plait." Une fois de plus, elle semble l'interroger, mais il entend

« Excusez-moi, je cherche les fonds Aubanel.
- Vous n'en trouverez pas ici, ils sont stockés et inaccessibles au public pour l'instant, devant son air dépité, il ajoute. Vous devriez vous rendre à la bibliothèque municipale et à la maison Aubanel… si les presses vous intéressent.
- Merci beaucoup Monsieur… promis je ne toucherai plus rien. »

Le gardien lui sourit d'un air entendu.

« Vous savez que c'est une promesse de gascon… et on est en Provence ici. Comme toujours, je ferme les yeux.
-    Merci, au-revoir.
-    A bientôt. »

Lise est déçue, elle espère que sa grand-mère et son ami auront eu plus de chances qu'elle.

***

Emile hante la bibliothèque Ceccano dans ses moindres recoins. Il s'y rend régulièrement pour préparer ses articles. Il aime l'odeur des livres, la texture du papier, le silence ou les bruits feutrés. Il peut y passer énormément de temps correctement rentabilisé, les recherches peuvent être plus rapides que sur le net avec tous ces sites commerciaux souvent présentés en tête de liste. Enfin, cela lui évite les allés-retours domicile-travail dans la journée.

« Bonjour Madalena, pourriez-vous m'indiquer où trouver les fonds de la maison Aubanel ? »

Madalena consulte rapidement son écran.

« Au niveau 3, dans l'espace patrimoine, mais il n'y a pas grand-chose à la consultation. Si vous cherchez un document précis, vous pouvez faire une demande et si elle est acceptée, vous aurez un rendez-vous.

- Merci beaucoup Madalena, vous êtes un amour comme toujours. »

Emile grimpe au niveau 3 où il consulte l'un des écrans mis à la disposition du public pour localiser l'emplacement des ouvrages recherchés. Effectivement, les fonds Aubanel en consultation libre ne sont pas très importants, l'avantage c'est que ce sera court, l'inconvénient c'est qu'il n'est pas certain qu'il trouve son bonheur.

***

Lise a du temps devant elle, elle décide donc de se rendre à la Maison Aubanel pour y observer les presses d'imprimerie exposées au rez-de-chaussée.

« Grand-mère ? Que fais-tu ici ?
- La même chose que toi ma chérie ! Bonjour, ajoute-t-elle sur un ton appuyé, Lise l'embrasse.
- Bonjour Grand-mère. Je sors du musée où je n'ai rien trouvé.
- J'étais à côté, au cabaret, et il n'y a rien.
- Je n'ai rien trouvé non plus à la bibliothèque, dit une voix essoufflée. Bonjour mesdemoiselles.
- Flatteur, répond Vivienne.
- Les ouvrages en consultation libre sont trop récents et il faudra attendre des jours pour avoir accès aux fonds archivés.
- Nous avons de la chance les pièces du rez-de-chaussée sont libres d'accès.

- Vous ne sentez pas cette vague odeur âcre. »

Nos trois détectives en herbe font le tour des machines.

« Evite de les toucher ! Trop tard, Lise regarde ses mains noircies.
- C'est celle-ci, elle a servi il n'y a pas si longtemps et l'utilisateur l'a mal nettoyée.
- Fais attention à ne pas te salir, Emile tend un mouchoir à Lise.
- Tu te promènes avec un vrai mouchoir !? Tu es vraiment trop craquant ! Vous l'aurez deviné, le teint d'Emile tourne au rouge cramoisi.
- La probabilité que les deux dernières aient été imprimées avec cette presse est presque une certitude, n'est-ce-pas ? Les "demoiselles" acquiescent.
- Maintenant, il faut déterminer le qui et le comment… et cela s'entend, le pourquoi, Emile semble se parler à lui-même et ses deux compagnes attendent la suite.
- Alors ?
- Je vais tout de même voir si je peux me procurer quelques exemplaires numérisés des archives de la bibliothèque pour définitivement nous assurer de la certitude de notre probabilité.
- Le qui !? Le comment !?
- QUI est le corbeau ? COMMENT a-t-il pu utiliser la presse sans être vu ou entendu ?

- Mis à part le dernier étage, la maison est inoccupée. Quant aux appartements, ils sont loués à des touristes.
- Est-il possible que le corbeau ait loué l'un de ces logements ?
- Hello guys ! lance une voix avec un accent déplorable, nos trois protagonistes se regardent subrepticement avant de se retourner.
- Hi ! We are in holidays in Avignon and we visit the museum, réplique Emile dans un anglais volontairement approximatif.
- Oh, I'm John Lartigue…hum, hum Lartig.
- Enchantés, connaissez-vous… sorry, you know..
- Scus'me, I have a rendez-vous. Je… I must to go. Bye ! l'homme s'en va sans plus de formalités.
- Je parie qu'il s'appelle Jean Lartigueee, dit Lise en souriant.
- Il est fort probable qu'il s'agisse de notre homme ou…
- Oui, il paraît fort suspect, reconnaît Vivienne.
- Je retourne à la bibliothèque. »

Emile se met à courir afin d'arriver avant la fermeture de l'établissement tandis que ces "demoiselles" se dirigent vers leur salon de thé préféré, le jardin de Vivienne, où elles attendront le jeune homme en bavardant.

Curieuse disparition

Au village, les grenouilles de bénitier ont peur car elles ont toutes quelque chose à se reprocher. Dans les campagnes, on s'ennuie et on a tendance, pour s'occuper, à commettre quelques méfaits plus justifiés que justifiables, ou on joue les commères en répandant des rumeurs parfois inappropriées, souvent mensongères.

Patrick le sait bien, en ayant été victime il y a déjà plusieurs années. Aujourd'hui, il hésite entre jouer avec les nerfs de ses administrés et accomplir son devoir en les rassurant.

Il opte pour la deuxième solution presqu'à regret.

« Mes chers concitoyens, notre enquête avance et je n'ai pas peur d'affirmer que le corbeau ne connaît pas vos vilains petits secrets, mais moi si, affirme-t-il. Des offuscations s'élèvent. Je plaisante ! Le corbeau ne connaît pas vos secrets, c'est tout bonnement impensable !
-   Et si c'était Monsieur le Curé ! des protestations se font entendre.
-   Je suis persuadé que nous allons bientôt avoir de ses nouvelles et que le doute sera levé.
-   Vous dites que l'enquête avance, c'est-à-dire ? demande une villageoise.

- Je ne peux rien vous révéler, il se pourrait que le corbeau soit parmi nous ! »

Chacun se retourne vers son voisin, soupçonneux. Patrick s'aperçoit qu'il a commis une maladresse, il ajoute donc.

« Nous nous connaissons tous, ce ne peut pas être l'un d'entre nous, mais nous pourrions le connaître sans le savoir.
- Tu dis qu'il est parmi nous, après que ce n'est pas l'un d'entre nous, mais que finalement on le connaît ! Tu te moques de nous ! Tu ne sais rien ! rugit Dominique
- Bon, ça suffit ! Rentrez chez vous, on a une fête à préparer ! » ainsi Patrick clôt son intervention en plantant là ses concitoyens comme il dit.

Rageur, il s'enferme dans sa mairie en maudissant son affectation et en songeant, pour la première fois, à sérieusement démissionner ou à disparaître comme son prédécesseur. D'ailleurs, elle n'est pas curieuse cette disparition ?

Ses pensées sont interrompues par un appel téléphonique, c'est la pêche aux canards qui proposent ses services après mure réflexion. Patrick reprend immédiatement son rôle et en profite pour négocier les tarifs. Il y aura bien une pêche aux canards à prix réduits. Patrick raccroche, satisfait. Cet appel lui a ouvert l'appétit et il se dirige vers son restaurant préféré et surtout unique.

Les jours suivants se déroulent dans l'effervescence des préparatifs de la fête et font oublier un temps l'histoire du corbeau.

***

Emile et ses deux compagnes arrivent à Tintouin où ils sont accueillis par Patrick qui leur a mis à disposition les mêmes chambres. Après s'être installé notre trio se rend à l'église, dernier lieu théâtre des méfaits du corbeau. Monsieur le Curé les accueille avec une affabilité excessive, tant il est mal à l'aise, tendant à faire croire qu'il se suspecte lui-même.

« Bonjour, je suis ravi de faire enfin votre connaissance et de vous accueillir dans la maison de Dieu. J'ai beaucoup entendu parler de vous.
- Bonjour… comment doit-on dire ? demande Emile.
- Monsieur le Curé, tout simplement.
- Bonjour, Monsieur le Curé.
- Que vous est-il donc arrivé ce week-end ?
- Un petit accident, répond Monsieur le Curé d'une petite voix.
- Et vous ne pouviez pas prévenir ?
- Fichtre, il se met à bredouiller, je… j'ai…
- Monsieur le Curé, nous savons que vous n'avez aucun lien avec le corbeau, mais tout ceci est tout de même curieux, vous l'avouerez, dit Emile

- Euh, oui. S'il vous plaît, n'ébruitez pas ce que je
vais vous dire.
- Vous pouvez compter sur notre discrétion.
- Je suis resté alité tout le week-end à cause d'un
mauvais mal de tête dû à une consommation
excessive de…
- Chocolat ! C'est bien ça ? C'est épouvantable le
chocolat, Lise, compatissante, est venue au
secours du malheureux.
- Merci Mademoiselle. On ne m'y reprendra plus. »

C'est très vilain les promesses qu'on sait ne pas
vouloir tenir. C'est pêcher, Monsieur le Curé, pense
Emile.

« Pour me faire pardonner, j'ai décidé de célébrer la
messe de l'Assomption ici-même. J'ai su que mes
ouailles me réclamaient. »

Monsieur le Curé a repris de l'assurance, comme quoi
le mensonge n'est pas pêché mortel, avise Emile en
riant sous cape.

« Pouvez-vous nous dire qui aurait pu pénétrer dans
votre édifice en votre absence ? demande-t-il.
- La seule personne ayant un jeu de clés
supplémentaire est Monsieur le Maire.
- Lorsque vous fermez votre maison…
- Ce n'est pas la mienne, l'interrompt
l'ecclésiastique.
- La maison de Dieu, rectifie le journaliste. Vous
faites un tour de contrôle ?

- Non, pourquoi le ferai-je ?
- Pour vérifier qu'il n'y ait personne qui cuve... pardon, qui soigne un mal de tête, ironise Vivienne pour se moquer mais aussi pour déstabiliser leur interlocuteur.
- Eh bien… non, je… »

Monsieur le Curé est incroyablement peu soigneux de ses paroissiens, constate Vivienne.

« Et qui fait le ménage ?
- Une villageoise très attachée à notre Eglise et soucieuse du bien-être de notre Seigneur.
- Votre… enfin notre seigneur est donc tellement attaché aux biens terrestres ?
- Ce n'est pas ce que je voulais dire ! Monsieur le Curé a légèrement haussé le ton. Excusez mon impatience, dit-il en se signant. En entretenant l'église, Amélie fait pénitence, précise-t-il.
- Elle a quelque chose à se reprocher ? demande Emile.
- N'avons-nous pas tous quelque chose à nous reprocher ? répond le curé.
- A quel moment, exerce-t-elle sa… pénitence ?
- Le samedi matin, après mon arrivée.
- Elle n'a donc pas de clé ?
- Non
- Nous vous remercions pour votre coopération et vous laissons préparer votre homélie. »

Emile, Vivienne et Lise arrivent sur la place du village, l'annonce de la fête est imminente et la foule est au rendez-vous.

« Bonsoir à tous, la célébration du 15 août clôt les festivités estivales de notre chère cité. Ce soir encore vous pourrez danser et chanter grâce aux TP'S, boire avec modération bien sûr et manger, autant que vous voulez, grâce à Domi et Dominique. Les enfants pourront pêcher et assister à un spectacle de magie grâce à Antoine, chacun d'entre eux partira avec un beau ballon ! Et à 23 heures, une surprise vous attend ! Amusez-vous, que la fête commence par la musique ! »

Patrick descend de la scène où les chanteuses et musiciens débutent leur prestation. Il convie Vivienne à un premier tour de piste pour ouvrir le bal tandis que Lise saisit la main d'Emile et l'entraîne à leur côté.

Après une heure de danses endiablées, ils s'installent ensemble à une table. Ils reprennent leur souffle en riant tandis que Domi leur apporte l'apéritif, sans alcool pour Emile toujours aussi sage. Après avoir échangé des banalités, la conversation dévie sur le corbeau.

« Monsieur le Curé nous a dit que vous étiez le seul, à part lui, à détenir les clés de l'église. Est-il possible que quelqu'un vous les ait dérobées puis remises à leur place, le forfait exécuté ? demande Vivienne.

- C'est envisageable, bien qu'elles soient enfermées dans un tableau, tableau facile à ouvrir, il faut l'admettre, mais je n'ai pas constaté d'effraction, car mon bureau, lui, est toujours verrouillé en mon absence.
- Pourtant, il a bien fallu que le corbeau se procure ces fameuses clés ! ajoute Emile
- Nous devrions chercher du côté de l'ancien maire. Tu te souviens, je t'ai dit qu'il avait disparu et que c'est pour ça que j'avais pris cette fonction. Il faut le retrouver.
- A l'époque, vous ne vous êtes pas inquiétés de sa disparition ?
- En fait, ce n'est pas précisément une disparition.
- Comment ça ? s'étonne Emile.
- Il a laissé une lettre et tous les documents nécessaires à la gestion du village.
- Peut-on voir cette lettre ?
- Je vais la chercher de ce pas.
- Cela peut attendre, coupe Lise. Notre repas va être froid et j'aimerai profiter de la fête. Nous verrons cela demain. »

Tout le monde semble s'amuser, danser, chanter sauf un individu dont personne ne prend garde, lorsque Patrick prend la parole et enjoint les fêtards à se diriger vers le Rieu Sec. Les éclairages publics s'éteignent et il est 23 heures pile lorsque les premiers pétards explosent et illuminent la voûte céleste. Des pluies d'étoiles retombent vers les enfants qui poussent des cris de surprise puis de joie. Chacun s'émerveille comme à chaque feu d'artifice et Lise glisse sa main dans celle d'Emile, elle pense une fraction de seconde à la retirer mais le jeune homme referme ses doigts sur les siens.

Lorsque le bouquet final projette ses milliers de petites fleurs colorées dans l'espace, Lise retire sa main et prend sa grand-mère dans ses bras ; il est encore trop tôt pour prolonger l'intimité avec Emile, mais elle se tourne enfin vers lui et lui sourit. Il voit son regard brillant comme si le feu d'artifice avait déposé une jolie petite violette sur chacun de ses iris. Il fait à nouveau noir une nano seconde puis l'éclairage se rallume et le charme est rompu. Pourtant, chacun va dormir dans les rêves de l'autre.

***

Au matin, après le petit-déjeuner, Patrick se rend à son bureau qu'il trouve dévasté. Les tiroirs sont retournés, les étagères vidées, une vitre de la fenêtre est brisée et les morceaux de verre jonchent le sol. Entendant un cri tonitruant, Emile se précipite suivi de Lise et Vivienne.

« La lettre de ton prédécesseur est toujours à sa place ? » demande immédiatement le journaliste.

Après vérification, Patrick constate qu'elle a disparu.

« Bon sang, le corbeau était à côté de nous hier, il a dû nous entendre ! Nous sommes certains à présent que votre ancien maire a un lien avec cette affaire ! Te souviens-tu de son contenu ?

\-   A peu près… nous l'avons tous lu au conseil. Je convoque tout le monde et tous ensemble nous pourrons sûrement la reconstituer. »

Patrick sollicite les membres du conseil municipal et leur donne rendez-vous chez Dominique pour 11 heures.

En fin de matinée, Patrick, Dominique, Alain et Suzette se rassemblent avec Emile, Vivienne et Lise au centre du village. Monsieur le Maire expose les événements et fait un tour de table. A tour de rôle, chaque conseiller fouille dans sa mémoire.

« Il présentait ses regrets et excuses de ne pas nous avoir parlé de vive voix, il disait qu'il n'en avait pas eu le courage, commence Alain.

\-   Il ne supportait plus la charge de travail et préférait démissionner, continue Dominique.

\-   Pourtant, dans une petite bourgade comme la vôtre... commente Emile.

\-   Un peu de respect, le coupe Dominique. Dans une mairie, il y a toujours du travail.

\-   Vous ne pouvez pas imaginer le poids de l'administration, soupire Patrick. On a des comptes à rendre en permanence, les hautes instances nous épient.

- Nous devons quémander sans cesse pour récupérer une infime partie des fonds que nous versons à la communauté de commune, ajoute Suzette.
- Sans compter la responsabilité civile et pénale du maire.
- Pourquoi exercez-vous cette fonction alors ? s'étonne Lise.
- Parce qu'il est nécessaire de gérer, entretenir et animer notre belle cité, c'est notre patrimoine. On est heureux quand les habitants viennent nous voir pour nous témoigner leur confiance, leur amitié, leur satisfaction, enchaîne Alain.
- Je dois reconnaître qu'il y a aussi parfois des mécontents, mais dans le fond, c'est ça les rapports humains, du bon et du moins bon, que du bonheur, reprend Patrick.
- Revenons à la lettre, recentre Emile.
- Oui, donc après les excuses et les regrets, il nous présente les dossiers en cours.
- Comme nous sommes tous très impliqués dans la gestion de la commune, nous connaissions tous les dossiers, ajoute Suzette.
- Il n'y avait donc rien de suspect, renchérit Dominique.
- Etes-vous sûr qu'il est l'auteur de la lettre ?
- Nous avons reconnu sa signature !
- Comment s'appelle-t-il au fait ?
- Jacques Galtier, Emile copie le nom sur son calepin.

- Non, avec un U, entre le G et le A, précise Patrick devant l'hésitation du journaliste.
- Curieux ?
- Les noms propres n'ont pas d'orthographe, vous devriez le savoir, indique Vivienne.
- Effectivement, mais tout de même, c'est bizarre non, GUALTIER ? Nous allons lancer des recherches. Avez-vous un indice sur l'endroit où il aurait pu aller ? Il était du village ?
- Il a grandi ici jusqu'à l'adolescence puis il est parti avec ses parents en Avignon pour les études. Il est revenu une quinzaine d'années plus tard et il est resté, raconte Patrick.
- Jusqu'à sa disparition, ajoute Alain.
- Il avait une famille ?
- Oui, une femme et un fils.
- Ils sont partis ensemble ? un malaise palpable s'empare du conseil.
- Non, sa femme et son fils sont partis il y a quelques années déjà.
- On ne sait pas trop pourquoi, on a pas voulu écouter les rumeurs et lui, n'a jamais voulu en parler.
- Un mystère de plus, en somme. Merci pour votre coopération. Nous allons t'aider à ranger le bureau avant de partir.
- Non, non, à quatre, nous devrions nous en sortir.
- Ok, nous allons reprendre la route alors. »

Père & Fils

Emile consulte son ordinateur, il attend avec impatience un mail de la bibliothèque. Il trouve enfin celui qui le préoccupe et imprime les pièces jointes sans les ouvrir, car le message qui les accompagne est précis, il s'agit d'exemplaires numérisés datant du XVIIIème siècle.

Il les compare minutieusement avec les lettres du corbeau et … Bingo ! Il envoie immédiatement un sms à Chocolat qui lui répond dans la foulée.

Chocolat : **Cool ! Tu as trouvé des infos sur Jacques Gualtier ?**

Pas eu le temps.

Chocolat : **Ok**

Chocolat : **Bisous**

Bisous

Cependant, le journaliste ne doit pas oublier qu'il a un papier à pondre pour le mercredi 28 août, il est obligé de mettre l'histoire du corbeau en attente s'il veut toucher sa paye à la fin du mois. Pourtant, il regarde son écran de mobile perplexe, saisit son bloc-notes ; il tourne fébrilement les pages jusqu'à lire le nom du touriste croisé à la maison Aubanel.

« Jean LARTIGUE ! » lit-il tout haut

Il écrit le nom de Jacques GUALTIER… « Mais bien sûr ! »

Il appelle immédiatement Lise pour lui faire part de sa découverte.

« LARTIGUE et GUALTIER, il s'agit du même nom !
- Evidemment une anagramme ! Pourquoi n'y a-t-on pas pensé plus tôt ?!
- L'étau se resserre autour de l'ancien maire.
- Et de son fils ! »

Les deux amis surexcités par leur trouvaille se donnent rendez-vous pour le déjeuner au Café de la Gare. Oublié le papier à écrire !

Vivienne s'est jointe à eux et les trois comparses se répartissent les tâches, l'un d'eux retournera à la maison Aubanel surveiller les allées-venues de ce soi-disant Jean LARTIGUE, un autre effectuera des recherches sur la famille GUALTIER, enfin, le troisième va retourner travailler sur le 28 août. En effet, Emile, bien que frustré, décide d'appliquer les conseils avisés de Lise.

Vivienne a de la chance. Alors qu'elle pénètre 7 place Saint-Pierre, Jean Lartigue sort de son appartement, dévale les escaliers et heurte la vieille dame fortuitement installée sur son passage

« Par… Scuse-me !
-   Ce n'est rien. Vous êtes le propriétaire ? »

Jean ne reconnaît pas la touriste aperçue quelques jours plus tôt, mais méfiant, il lui répond dans un anglais approximatif.

« Sorry, I don't understand
-   Je ne parle pas anglais, insiste-t-elle, et j'ai vraiment besoin de parler au propriétaire. »

Agacé Jean finit par lui répondre en français en forçant l'accent.

« Désolé, je ne comprends pas qui vous êtes ?
-   Je suis touriste, je viens de Paris et je cherche un logement pour une dizaine de jours.
-   Je ne le connais pas, regardez sur internet. » Jean salue son interlocutrice et s'en va.

Vivienne lui emboîte le pas, décidée à ne pas lâcher son objectif de vue, lorsque Jean, après une demi-heure de marche, s'arrête, pivote à droite puis à gauche et pénètre dans un édifice de deux étages. Vivienne observe sa proie du trottoir d'en face. Dès que la porte se referme sur lui, elle traverse la rue, sur la façade un interphone flambant neuf brille de mille feux pour divulguer le nom de trois occupants. Notre espionne dégaine son mobile dernier cri pour prendre un cliché. Elle décide de ne pas attendre et retrouve Lise sous son toit.

Chocolat l'accueille avec des petits miaulements en se frottant à ses jambes quémandant une caresse.

Lise assise sur son lit, les jambes en tailleur, pianote sur le clavier de son portable à la recherche d'informations sur la famille Gualtier.

Le moteur de recherche lui renvoie tout d'abord des informations sur Rigoletto, l'opéra de Verdi, elle rajoute alors des mots-clés comme la localisation, le prénom…

« Comment se fait-il que je ne trouve aucune information, il devrait être présent sur la toile en qualité de maire… Mais évidemment ! »

Elle lance une recherche sur la mairie de Tintouin et finit par trouver le nom de Jacques GUALTIER dans la liste des maires de la petite commune, mais la piste s'arrête là.

« Grand-mère ! Tu arrives à point nommé, tu vas pouvoir m'aider.
- Bonjour, ma chérie.
- Je ne trouve aucune info sur Jacques, se désespère Lise.
- Les résultats de ma filature vont t'intéresser. J'ai suivi Jean jusqu'à l'Avenue de la Folie où il est entré dans un petit immeuble en s'assurant qu'il n'était pas suivi.
- Qui a-t-il pu aller voir ?

- J'ai pris une photo du parlophone, il n'y a que trois noms.
- Tu es une championne Grand-mère ! »

Lise lance une nouvelle recherche sur le net, mais cette fois, elle associe GUALTIER avec le premier nom de la liste, elle ne trouve rien en lien avec leur affaire pas plus qu'avec le deuxième patronyme, il ne reste plus qu'une troisième tentative hélas infructueuse. Elle recommence en incluant le nom de TINTOUIN et finit par trouver l'annonce d'un mariage en 1990, entre Jacques GUALTIER et Mylène DUMORTIER, troisième nom de la liste, mais aucune trace de divorce. Néanmoins, la piste Jean LARTIGUE semble se préciser.

Les recherches sur Mylène DUMORTIER sont plus fructueuses, il semblerait que le Pape-Lare lui ait consacré un article, il y a une dizaine d'années. Lise contacte immédiatement Emile.

***

Emile a du mal à se consacrer à son papier, il préférerait être avec ses deux amies à la recherche du corbeau, mais Sandrine attend son mail pour boucler l'édition du 28, aussi décide-t-il de se rendre à la bibliothèque pour trouver des infos sur le sujet et puis, cela lui fera du bien de prendre l'air.

A la minute où il arrive à destination, il sent son téléphone vibrer dans sa poche. En voyant le nom de Lise s'afficher, il soupire, présume qu'il n'écrira jamais ce papier et finira au chômage, mais il ne peut résister à la tentation, et puis c'est, à n'en pas douter, un signe du destin ; il décroche.

« Allo, comment vas-tu ? Du nouveau ?
- Oui, nous avons découvert que Jean doit rendre visite à une certaine Mylène Dumortier qui pourrait être sa mère. »

Lise explique brièvement au jeune homme le cheminement de leur raisonnement et conclut.

« Le Pape-Lare a consacré un article à Mylène, il y a une dizaine d'années.
- Je me rends de ce pas aux archives du journal et je vous rappelle.
- On attend de tes nouvelles avec impatience. »

Décidément, cette affaire est SA priorité, à coup sûr cela pourrait lui sauver la mise. Il fait donc demi-tour, prêt à recevoir les foudres de la secrétaire de rédaction et à lui faire la promesse d'un feuillet pour le lendemain.

Après avoir investi les archives, il écrit à Lise.

J'ai trouvé ! Dois rédiger mon article en priorité. RDV demain midi au Café de la Gare.

Chocolat : **Suis impatiente. Je t'embrasse. A demain.**

***

Comme toujours, le Café de la Gare est bondé, mais Lise et Vivienne, arrivées un peu plus tôt, ont pu s'installer à une table en attendant Emile.

Le jeune reporter arrive avec à la main une copie de l'édition du 8 juillet 2009. Après les politesses d'usage, il pose l'article de journal sur la table, satisfait de l'effet de surprise produit sur ses compagnes.

"DISPARITION INQUIETANTE AU VILLAGE DE TINTOUIN"

Le titre s'étale au-dessus de la photo d'une femme brune aux cheveux courts et au visage anguleux, accompagnée d'un article relatant les faits.

« La femme du Maire de Tintouin, Mylène Dumortier a disparu.

Jacques GUALTIER a signalé la disparition de son épouse Mylène Dumortier dans la nuit du 6 au 7 juillet.

En effet, le 6 juillet, le couple a regagné sa chambre à son domicile, 55 rue de l'Eglise à Tintouin, afin d'y passer la nuit comme à son habitude. Au petit matin, vers 6 heures, le 7 juillet, Jacques GUALTIER a constaté que son épouse Mylène n'était plus à ses côtés. Il se lève pensant la trouver dans la cuisine pour le petit-déjeuner, or elle n'y est pas. Etonné, il commence à la chercher dans toute la maison en l'appelant, puis dans le jardin. Inquiet, Jacques GUALTIER tente de se rassurer en se disant que Mylène avait dû partir au village bien qu'il soit très tôt pour cela. Il s'habille, ne prend même pas le temps d'avaler un café, et part à sa recherche. Après avoir frappé à toutes les portes, avoir fouillé tous les recoins, Jacques se rend à l'évidence, sa femme a disparu !

Mylène Dumortier est partie sans laisser de traces ni même avoir contacté son fils de 19 ans, Jean Gualtier.

Fuite, accident, enlèvement ? La gendarmerie du canton est à pied d'œuvre pour retrouver Mylène Dumortier. »

« Et c'est tout !? » s'exclament en chœur Vivienne et Lise.

Emile retourne la feuille pour dévoiler un nouvel article daté du 15 juillet illustré par une photographie de Jacques GUALTIER cette fois-ci.

« UNE DISPARITION QUI N'EN EST PLUS UNE »

« Nous vous avions fait part le 8 juillet d'une disparition inquiétante ; celle de Mylène Dumortier épouse de Monsieur le Maire de Tintouin, Jacques GUALTIER.

Pour rappel des faits, Jacques GUALTIER avait constaté la disparition de son épouse Mylène, à son réveil le 7 juillet vers 6 heures. Malgré ses recherches, aucune trace de Mylène.

Il nous adresse aujourd'hui un communiqué par lequel il dit avoir eu des nouvelles de sa femme et que celle-ci va très bien.

La gendarmerie du canton a confirmé, mais nous n'avons pu obtenir de plus amples informations.

Malgré les questions qui restent en suspens, nous nous réjouissons de la fin heureuse de cette aventure. »

Après quelques secondes pour assimiler les informations, Vivienne déclare.

« Quand on voit la photo de Jacques on ne peut douter que Jean soit son fils !
-   Carrément, confirme Lise, d'autre part, vous ne trouvez pas curieux que Jacques ait disparu à son tour et que dix ans après la disparition de Mylène, le corbeau se manifeste ?

- L'étau se resserre, ajoute Emile. Nous pouvons prouver que Jean LARTIGUE est Jean GUALTIER fils de Jacques GUALTIER et de Mylène Dumortier. Par contre, nous ne détenons aucune preuve qu'il soit le corbeau, nous n'avons que de fortes présomptions.
- En trouvant le pourquoi nous pourrions sans doute les valider, envisage Vivienne.
- Mais pour cela, il faut rechercher ce qu'il s'est passé il y a dix ans. » conclut Lise.

Le serveur se présente avec leurs plats et nos trois enquêteurs mangent avec appétit. Ils se sont pris au jeu de cette histoire et sont bien décidés à conclure.

Dix ans plus tôt

Mylène est allongée sur le côté gauche, le bras replié sous son profil. Ses longs cheveux décolorés recouvrent ses petits seins qui se soulèvent à un rythme régulier, lentement, du sommeil serein des gens repus. Sa main droite repose sur son ventre plat, seul un drap de soie recouvre sa hanche droite. Ses longues jambes, légèrement pliées, se terminent par des pieds en pointe comme ceux d'une danseuse de ballet. A presque quarante ans, Mylène a encore la grâce d'une jeune ballerine. Son corps, presque trop fin, a cessé d'évoluer à l'âge de 14 ans. Sa grossesse, près de 20 ans plus tôt, n'a imprimé aucune trace sur sa peau d'albâtre, même pas une de ces petites lignes que redoutent tant les futures mamans.

Antoine, derrière son chevalet, vole l'image de la femme qu'il aime et qui appartient à un autre. Il croque son corps de brindille, ses muscles délicatement dessinés sous la peau. Il tente de reproduire avec ses couleurs, son parfum de rose, son odeur de sexe, la douceur de sa peau et même sa respiration lorsqu'ils font l'amour.

Mylène ouvre les yeux et aperçoit son amant, elle attrape un coussin qu'elle jette à travers la pièce en criant.

« Tu avais promis de ne rien faire sans ma permission ! »

Elle termine sa phrase dans un grand éclat de rire, balançant sa tête en arrière tandis qu'Antoine peste devant sa toile éclaboussée. Il essuie le trop-plein de peintures qui laisse des taches colorées sur le corps de son modèle qui semble s'animer. Il réalise alors que l'effet qu'il se donnait tant de mal à vouloir produire, est là, sous ses yeux.

Emu, il contemple Mylène interloquée par son expression. Il est midi et le soleil filtre à travers les rideaux, formant un voile entre eux.

« Il est temps que je rentre, dit-elle à regret.
- Maintenant que ton fils part, peut-être pourrais-tu quitter ton mari !?
- Pas aujourd'hui Antoine, supplie-t-elle, nous en reparlerons, promis, mais pas aujourd'hui, » finit-elle doucement.

Elle s'habille, l'embrasse tendrement et s'enfuit, abandonnant Antoine pour la énième fois à sa solitude.

***

« Jacques ! Dépêche-toi ! Jean nous attend déjà dans la voiture !
- J'arrive ! »

Jean, son baccalauréat en poche, doit étudier à Paris puis intégrer le réseau Erasmus. Il veut être architecte en commençant par Londres puis New York, Rio, Sidney, revenir en Europe en passant par Bilbao, Barcelone, Berlin et terminer par Paris. C'est pourquoi Mylène, Jacques et Jean sont en route pour l'aéroport de Nice.

***

Après le départ de leur fils, le couple est déstabilisé. Mariés à 20 ans et parents neuf mois plus tard, leur vie avançait au rythme de la commune de Tintouin dont Jacques était le maire et, de leur rejeton dont Mylène s'occupait avec amour, ne travaillant pas. Ainsi, mère au foyer et maire de la ville s'entendaient plutôt bien, occupés qu'ils étaient à courir après le temps, sans véritable heurt et sans véritable passion non plus. Ils n'avaient pas le temps de s'ennuyer, enfin surtout Jacques, car lorsque Jean dû intégrer le lycée d'Avignon, Mylène se trouva fort désœuvrée.

C'est alors qu'elle eut l'idée de créer une association de loisirs pour réunir petits et grands. Elle recruta des artistes bénévoles pour initier ses adhérents à la musique, la couture, la cuisine, la poterie enfin tous types d'arts y compris le dessin et la peinture. Le centre de loisirs et son organisatrice étaient très appréciés de tous.

Mylène y consacrait de plus en plus de temps, surtout à ses bénévoles et en particulier à Antoine qui y enseignait les bases de la magie et de l'équilibre. Un jour, Mylène découvrit le talent caché de l'artiste.

Se promenant le long du Rieu Sec, elle y reconnut Antoine un carnet et un crayon à la main, absorbé par le paysage qui l'entourait.

« Bonjour, Antoine, vous écrivez ?
- Bonjour, non, je…gribouille.
- Montrez-moi ! lui demanda-t-elle avec un sourire. »

Gêné, Antoine lui tend son carnet. Elle s'émerveille devant les courbes, les perspectives, les couleurs de paysages, d'oiseaux, de visages jusqu'à découvrir le sien de face, de profil droit puis gauche, souriant, triste, pensif…

« Je ne me trompe pas, il s'agit de moi ?
- Oui, répond franchement Antoine. C'est vrai, votre beauté m'obsède. »

Mylène aurait dû avoir peur, mais au lieu de cela, elle s'en trouva flattée, touchée par la délicatesse de ces portraits, par l'attention qu'un homme lui portait enfin et qu'elle attendait depuis si longtemps. En fait, ce fut comme un électrochoc et sans aucune honte, elle lui avoua

« Je suis flattée par tant d'intérêt, mais je veux que vous me fassiez une promesse.
- Laquelle ?
- A l'avenir, demandez-moi l'autorisation avant de me… croquer, » sourit-elle.

Antoine perçut la malice de son intention et sourit. Il était amoureux et n'éprouvait plus qu'une envie, l'embrasser. Il dut pourtant attendre quelques jours pour étancher sa soif.

***

Lors du départ de Jean pour l'Angleterre, cela faisait une année que les amants partageaient des moments d'intimité presque chaque jour et qu'Antoine espérait Mylène pour lui tout seul.

Jacques, après avoir couru toute la semaine, était finalement heureux de passer du temps avec sa femme le week-end. Il se rendait compte que Mylène était tristounette. Il avait mis ça sur le compte du départ de son fils prodigue. Il décida de lui préparer un petit week-end en amoureux : hôtel insolite, repas gastronomiques, promenades romantiques, petits cadeaux tout y était et pourtant…

Mylène n'avait pas revu Antoine depuis le départ de Jean. Elle s'était enfermée chez elle, pleurant sur l'absence de son petit garçon puis sur sa situation, car elle était enfin libre de quitter Jacques. Mais voilà, le courage lui manquait malgré sa passion dévorante pour son amant. Elle tournait en rond sans savoir que faire.

Jacques, involontairement, donna la réponse à sa femme. En effet, malgré toutes les attentions de son mari, Mylène déprimait et plus le dimanche soir approchait et plus elle déprimait.

Dans la nuit du lundi au mardi, Mylène tourne, un coup sur le dos, un coup sur le ventre, un coup sur le côté, et elle recommence. Soudain, elle se lève, enfile un peignoir et sort de chez elle sur la pointe des pieds. Au petit matin, Jacques découvre que sa femme a disparu.

***

Mylène se faufile chez Antoine, en pleine nuit, avec la ferme résolution de quitter Jacques. Mais la maison ne vit plus, les meubles sont recouverts de draps blancs, l'atelier est vide, Antoine a tout emporté à l'exception d'une toile au milieu de la pièce, le dernier portrait de sa maîtresse.

Mylène s'effondre en larmes, elle a tout perdu.

Trois jours plus tard, dans la nuit noire, elle rentre chez elle, s'allonge à côté de Jacques.

« Je te quitte, je suis venue faire ma valise. »

Jacques n'a pas bougé, les yeux ouverts vers le plafond, il cauchemarde. A l'aube, il est seul, mais il sait que sa femme n'a pas disparu, elle s'est volatilisée telle une dame blanche venue le hanter.

Mylène

Mylène, assise dans un fauteuil, les mains autour d'une tasse de thé, regarde les deux femmes installées face à elle. Elle réalise qu'elle vient de se confier à ces deux inconnues sans honte avec un brin de nostalgie. Elle réalise surtout qu'elle n'a jamais cessé d'aimer Antoine. Elle ne l'a pas revu depuis son départ du village.

Lise se lève pour contempler le tableau qu'elle avait à peine regardé en entrant dans la pièce.

« Il s'agit du portrait peint par Antoine, n'est-ce-pas ?
– Oui, j'ai compris qu'il l'avait laissé pour moi. C'est tout ce qu'il me reste de lui.
– Avez-vous su pour quelle raison il était parti ? demande Vivienne.
– Non, je ne l'ai plus jamais revu... ni entendu... ni même embrassé, touché, senti... aimé. »

Des clefs dans une serrure les font sursauter, Lise et Vivienne saluent précipitamment Mylène. Elles veulent éviter le visiteur, persuadées qu'il s'agit de Jean.

« Vous ne voulez pas parler à ma belle-fille ? Elle pourra vous dire où se trouve Jean. Les deux femmes échangent un regard.

– Pourquoi pas, répondent-elles

– Bonjour ma chérie, Mylène s'est levée pour accueillir la jeune-femme. Je te présente, rappelez-moi vos prénoms mesdames. »

Les trois femmes se dévisagent tandis que Mylène les regarde sans comprendre. Lise prend la parole sans attendre les présentations.

« Quelle coïncidence ? Nous faisions du porte-à-porte à la recherche de bonne volonté pour participer à une action organisée par l'association de ma grand-mère. Nous sommes étonnées de vous rencontrer ici.

– Quelle curieuse coïncidence, en effet, répond avec méfiance la nouvelle venue.

– Nous allons vous laisser. Au revoir Mylène et merci pour votre accueil ! lance Vivienne.

– A bientôt. » Ajouta Lise à l'attention de la jeune-femme qui ne manquera sans doute pas de parler de leur visite à Jean.

Lise sort son mobile et appelle Emile pour fixer un rendez-vous au plus tôt.

« J'ai bouclé mon article, on peut se voir dès maintenant.

– Super, je suis impatiente de te raconter. »

Vivienne préfère rentrer chez elle et laisser les jeunes gens décider de la suite des événements. Ceux-ci ont d'ailleurs pris la route en direction de Tintouin, ils veulent parler à Antoine au plus vite.

***

Dès le lendemain, Vivienne contacte Mylène pour un déjeuner en tête-à-tête.

« Ma belle-fille vous connaît, elle vous a vu à Tintouin et surtout, elle a été interrogée par Lise et son ami, le journaliste, » attaque immédiatement Mylène.

Vivienne ne se déstabilise pas.

« Effectivement, mais j'aimerais savoir comment vous vous êtes retrouvée à Avignon. Excusez ma curiosité, mais j'adore les histoires d'amour et j'ai l'impression que la vôtre n'est pas terminée.
– C'est vrai, répond Mylène, songeuse, ses souvenirs l'entraînent à nouveau, il y a dix ans. Nous avions acheté l'appartement de l'avenue de la Folie pour Jean lors de son admission au lycée d'Avignon. Jean ne voulait plus entendre parler d'internat aussi avons-nous investi dans ce trois pièces espérant qu'il y fonderait une famille ensuite... après la fac, vous voyez. En aucune façon nous n'aurions imaginé qu'il me servirait de refuge trois ans plus tard.
– Vous n'avez jamais cherché à savoir ce qu'Antoine était devenu ?
– Non, je n'ai appris que très récemment qu'il était de retour au village.

– Et, lui-même n'a jamais tenté de vous retrouver ?

– Je ne sais pas, je vous ai dit que je ne l'avais jamais revu ni entendu.

– Votre fils est marié aujourd'hui.

– Non, pas tout à fait, ils sont fiancés.

– Vous ne souhaitez pas revoir Antoine ? Ils pourraient vous y aider.

– Certainement pas ! Je veux dire, oui, j'ai très envie de revoir Antoine et clore, ou pas, ce chapitre de ma vie, mais pas avec l'aide des enfants, ça non. J'espère qu'ils ne savent rien.

– Je n'en serai pas si sure à votre place. Vous savez tout de même que votre mari a disparu ?

– Oui.

– Et vous ne savez vraiment pas où il pourrait être ?

– Non, puisqu'il a disparu.

– Jean doit être inquiet ? Il doit le chercher ?

– Maintenant, qu'on en parle, il ne m'a pas semblé. C'est curieux ? Ils sont très proches, surtout depuis notre séparation. Jacques a beaucoup souffert et Jean m'en a énormément voulu. Vous comprenez, je l'ai quitté pour un homme que j'ai passionnément aimé pendant plus d'un an alors qu'il avait disparu sans laisser de traces.

– Et depuis, vous l'attendez, constate Vivienne.

– En vous racontant mon histoire hier, je me suis aperçue que oui, je l'attendais, je l'espérais si fort que j'ai arrêté de vivre pendant dix ans. Et alors qu'il a réapparu, je perds tous mes moyens et je n'ose pas le contacter.

– Racontez-moi comment Jean a-t-il rencontré sa fiancée ?

– Tout simplement à Tintouin lors d'une visite à son père. Il est tombé sous le charme du chant de la sirène, rit Mylène, il est vrai qu'elle a une très belle voix et elle est si charmante.

– C'était il y a combien de temps ?

– Un an, à peu près. »

Vivienne est enchantée de tout ce qu'elle a appris et la conversation dévie sur son association. Finalement, ce ne serait pas une mauvaise idée de faire participer Mylène à ses activités de tricot et de couture.

***

Lise et Emile arrivent directement chez Antoine. En chemin, ils ont opté pour la franchise. Ils savent maintenant qui est le corbeau. Ils doivent rechercher ses motivations. Ce pourrait-il qu'elles concernent Antoine qui après tout est à l'origine de la séparation de ses parents.

Comme à son habitude, Antoine profite de la luminosité naturelle pour croquer le paysage.

« Bonjour Antoine ! Que dessinez-vous aujourd'hui ?

– Bonjour ! Regardez ces montagnes ombrées par le soleil de fin d'après-midi, n'est-ce-pas magnifique ? ceci étant plus une affirmation qu'une question.

– Vous ne voudriez pas esquisser mon portrait ? demande Lise.

– Je ne fais plus de portrait depuis dix ans, depuis, sa phrase reste en suspens.

– Votre départ, votre séparation, termine-t-elle.

– Ma séparation ?

– Votre séparation d'avec Mylène, ajoute Emile.

– Comment savez-vous ?

– Nous l'avons rencontrée cette après-midi, l'informe Lise.

– Que s'est-il passé, il y a dix ans ? Pourquoi avoir fui ? interroge Emile.

– Elle ne vous a pas tout dit alors, constate Antoine.

– Disons qu'elle ne sait peut-être pas tout.

– Il y a dix ans, je lui ai demandé de faire un choix et elle a choisi Jacques. Alors, je me suis effacé.

– Racontez-nous votre version.

– Nous animions ensemble une association de loisirs et sommes tombés, enfin je suis tombé, éperdument amoureux. Elle était si belle, intelligente, drôle. Notre liaison a duré une année au cours de laquelle la vie a été merveilleuse. Nous, je croyais que nous mais finalement ce n'était que moi, j'ai donc envisagé d'officialiser, de vivre ensemble au grand jour. Jean partait à l'étranger pour ses études. J'ai rêvé qu'il était temps pour nous de quitter Tintouin et s'installer ailleurs, ensemble. Au lieu de cela, elle est partie avec son mari. J'ai emporté tout ce que je pouvais et j'ai quitté Tintouin certain de ne jamais y revenir.

– Vous avez tout emporté sauf ceci, Lise montre l'écran de son mobile à Antoine qui tressaille devant le portrait de Mylène. Vous devriez l'appeler, je crois que vous avez beaucoup de choses à vous dire.

– Où est Suzette ? demande incongrûment Emile. Antoine essuie sa joue avant de répondre.

– Elle est descendue en Avignon. Une histoire de cœur, je crois.

– Et Jacques ? Vous savez où il est passé ? Quand êtes-vous revenu au village ? enchaîne Emile.

– Il y a neuf mois environ.

– Vous l'avez vu avant qu'il ne disparaisse ?

– Pas exactement.

– C'est-à-dire ?

– Entraperçu, serait plus juste.

– Et lui ? Il vous a « entraperçu » ?

– Je, je ne sais pas. »

Les deux enquêteurs rentrent immédiatement, ils dînent ensemble.

Le lendemain matin, ils se retrouvent chez Vivienne. Après s'être installés autour d'un petit-déjeuner, Emile prend la parole.

« Nous savons dorénavant que Jean est le corbeau, Jacques a disparu quand Antoine a réapparu, Mylène n'a pas disparu mais s'est enfuie par amour.

– Jean est fiancé et amoureux depuis à peu près un an, ajoute Vivienne.

– Je dois parler à Suzette, déclare Emile.

– Puisqu'il sait que nous sommes sur sa trace, nous devrions parler à Jean. Vous n'êtes pas d'accord ? leur demande Lise.

– Je pense savoir où s'enterre Jacques, » souffle soudain Emile.

Tout est dit

La petite équipe se met en chemin pour la maison Aubanel. Sur les lieux, les trois comparses sonnent aux appartements du deuxième étage afin de recruter des membres pour leur association de tricot. L'objectif est de tricoter des écharpes, bonnets, plaids pour les sans-abris en prévision de l'hiver qui arrivera plus vite qu'on ne l'attend. Le premier reste porte close, le deuxième et le troisième sont ouverts par des touristes étrangers. Le dernier est habité par un couple dont la préoccupation actuelle est de calmer leur bébé qui ne cesse de pleurer depuis le retour de la maternité. En conséquence de quoi, supposant à juste titre que ces nouveaux parents ne gaspilleraient pas leur temps à faire un rapport à leurs voisins, Vivienne demande

« Monsieur Gualtier est absent ?

– Je ne sais pas, répond la maman à bout de nerf.

– Nous allons retenter notre chance alors. Bon courage. »

Sur ce, le papa leur claque la porte au nez, excédé.

Derrière le judas du premier appartement, un homme observe le palier. Il reconnaît en ces trois personnes, les chasseurs de corbeau et il hésite à leur ouvrir la porte. Il veut d'abord en débattre à nouveau avec son fils et parler à Mylène. Il retourne silencieusement dans sa cuisine se servir un café en tendant l'oreille. Lorsque le silence se fait, il saisit son téléphone et appelle Jean.

Emile et ses deux accompagnatrices veulent réunir la famille Gualtier. Ils espèrent pouvoir compter sur l'aide de Mylène, la plus encline à mettre un terme à l'affaire du corbeau.

***

Mylène pose son téléphone. Jacques vient d'accepter sa requête, il va rejoindre Jean et sa fiancée dans leur appartement avenue de la Folie. Elle fait chauffer de l'eau, présente des biscuits sur un plat en argent à trois étages, dispose sept tasses à thé, des boules à infuser, deux petits pots de lait, une soucoupe couverte de tranches de citron, plusieurs boîtes de thé en vrac blanc, vert, noir, aux agrumes, aux épices, nature, un sucrier. Elle a tiré la rallonge de la table de son salon pour que tout le monde soit plus à l'aise.

Les premiers arrivés sont Emile, Lise et Vivienne. Ils s'installent en silence, laissant Mylène perdue dans ses pensées, immobile. Lorsque retentit le carillon, elle semble s'animer comme un automate, calmement elle se dirige vers l'entrée et accueille les nouveaux arrivants dans le vestibule, des cris s'élèvent, père et fils ne semblent pas d'accord tandis qu'une voix féminine salue Mylène.

« Bonjour, belle-maman. Comment allez-vous ?
– Un peu fatiguée. Allez-vous cesser de vous disputer tous les deux !?
– Excuse-nous maman, dit Jean en l'embrassant. Tu ne m'as pas l'air dans ton assiette. En effet, Mylène est un peu raide et redoute la réaction de ses invités.
– J'ai une surprise pour vous, fut la seule chose qu'elle put répondre.
– Crois-tu que c'est le moment ? s'agace Jacques. Nous avons trois personnes à nos trousses et ça commence à sentir le roussi !
– Justement, » répond-elle en les introduisant dans le salon.

Lise, Vivienne et Emile se sont levés par politesse, Jean dévisage sa mère, furieux, Jacques en reste bouche bée et Lily essaie de se cacher derrière son fiancé, honteuse. La doyenne prend posément la parole.

« Bonjour, je vous en prie n'en veuillez pas à Mylène, elle souhaite que tout cela se termine de la meilleure façon possible. Je suppose que vous savez qui nous sommes et pourquoi nous sommes là. Je me présente néanmoins, Vivienne, la grand-mère de Lise, elle-même amie du journaliste, Emile.
– Nous ne souhaitons absolument pas vous ennuyer, mais au contraire vous aider, assure Lise

d'une voix douce. S'il vous plaît, asseyez-vous que nous puissions régler cette affaire autour d'une tasse de thé. »

Jacques est le premier à prendre place entre Vivienne et Mylène, Lily s'installe à côté de Lise qui lui prend la main pour la rassurer. Enfin, Jean s'assoit en face d'Emile, entre sa fiancée et sa mère.

« J'ai toujours su pourquoi, ou plutôt à cause de qui, vous vous étiez séparés. Comme je ne pouvais pas attaquer Antoine qui avait lâchement déguerpi, je m'en suis pris à toi, maman, toi qui étais encore là, pour moi. Je te demande pardon. »

Mylène se contente de lui sourire tendrement puis elle se tourne vers Jacques.

« Je sais que je t'ai fait souffrir, mais je ne pouvais pas rester à tes côtés alors que je t'avais trahi et que je ne t'aimais plus. Ce n'était pas honnête. Tu avais le droit de refaire ta vie.

— Je ne t'en veux plus, je me suis plongé dans ma mission et cela m'a beaucoup aidé. Mais, lorsque j'ai vu Antoine de retour à Tintouin, j'ai craqué. Il m'était insupportable de le voir déambuler avec le sourire, fier de lui et surtout, espérant te revoir. J'en ai parlé à Jean qui m'a proposé de passer quelques jours chez lui pour réfléchir.

— Je ne supportai pas de voir papa dans cet état, j'ai donc fomenté une vengeance qui obligerait à nouveau Antoine à partir. J'ai demandé à Lily d'observer les villageois et de rapporter tout ce qui pouvait être étrange et peu à peu j'ai échafaudé mon plan. Nous avions convenu de ne pas te parler du retour de l'artiste, finit-il avec dédain.

– Pourquoi avoir attendu neuf mois ? demande Emile.

– Il me fallait le temps de réunir tout un tas d'informations et d'établir un plan d'action. Et puis, la date anniversaire de la disparition de ma mère était parfaite. Rappeler à tous ces hypocrites qu'ils étaient complices du malheur de mon père et de l'adultère de ma mère s'était insinué dans mes plans. En fait, je ne voulais pas seulement faire payer Antoine, mais je voulais faire peur à tous ces gens qui savaient et n'ont rien dit, ni rien fait.

– Vous espériez aller jusqu'où comme ça ?

– En fait, je ne sais pas. Plus j'agissais et plus je jubilais, et plus je jubilais, plus je m'acharnais. La seule chose que je regrette c'est d'avoir entraîné Lily dans toute cette histoire.

– La première lettre était adressée à Alain ? questionne Emile.

– Oui, je voulais incriminer Suzette. Tout le monde pensait qu'elle était la compagne d'Antoine puisqu'il vivait ensemble. Cela lui permettait de cacher ainsi son attirance pour les femmes.

– Comment saviez-vous ? Seule Sheila savait, reprit Emile.

– Et Antoine, ajoute Vivienne.

– Je l'ai su après un concert, intervient Lily. Je l'ai vue avec une jeune-femme.

– La deuxième lettre est adressée à Dominique l'accusant de trafics de cigarettes, c'est exact ? demande à son tour Lise.

– Tout à fait, je voulais qu'Antoine soit soupçonné d'avoir écrit celle-ci. Il était présent et ne fumait pas, il était plausible qu'il veuille dénoncer Dominique.

– Ok. Et pourquoi avoir à nouveau dirigé vos accusations sur Suzette ? interroge Emile.

– Toujours pour orienter les soupçons sur Antoine qui devait savoir. Je me suis dit qu'adresser une deuxième lettre à Suzette pouvait brouiller les pistes.

– Les jardinières, les canards, les tables, les chaises, la pétarade ?

– Pour mettre la zizanie au sein du village. Menacer de révéler les secrets de la confession m'amusait. Vous n'imaginez pas comme cela était drôle de voir tous ces péquenauds chercher des micros et des caméras dans le confessionnal et Monsieur le curé si mal à l'aise.

– Pourquoi avoir choisi l'imprimerie ?

– Je trouve cela peu conventionnel et original. Jamais je n'aurai cru que quelqu'un aurait pu deviner. Et ce fut là mon erreur, ma vanité m'a perdu sans doute. J'ai influencé mon père pour qu'il reste caché et lui prouver que ses soi-disant amis le remplaceraient sans état d'âme. Je suis tombé sincèrement amoureux de Lily et puis je l'ai utilisé pour qu'elle soit mes yeux et mes oreilles, qu'elle dépose les lettres, qu'elle m'aide à manipuler jardinières, tables et chaises.

– Tout est dit ou presque, conclut Vivienne. Vous devez terminer tous les quatre. Partons mes enfants, dit-elle en s'adressant à Lise et Emile, puis se tournant vers Mylène, je viendrais vous voir si vous le permettez. J'apprécierais beaucoup que nous reparlions de mes associations.

– Avec plaisir, Mylène qui avait blanchi autant qu'on le pouvait tout au long des aveux de son fils, reprit quelques couleurs. Je vous appelle dès que possible.

– Bien entendu, vous avez le temps. »

Lise embrasse Lily qui lui dit adieu et le trio s'éclipse.

Epilogue

Lise et Emile sont installés dans l'assistance face à la scène qui s'éclaire. Les TP'S installent leurs instruments et procèdent à des essais de voix. Lily est absente, elle a quitté le groupe après sa trahison, mais le nom est resté. En effet, une chanteuse tatouée au look gothique a remplacé Lily. Ses yeux violets couvent tendrement Suzette.

« Comment as-tu fait pour retrouver Diane ? Chuchote Lise

– En fait, c'est elle qui m'a trouvé. Suite à l'article, il faut le dire très bien écrit, paru dans le Pape-Lare, cette jeune-femme m'a contacté. Je ne peux pas te dire pourquoi elle aussi avait disparu, mais elle souhaitait revoir Suzette. Elle m'a demandé de lui remettre une lettre.

– Anonyme ? dit Lise en riant

– Non, je l'aurai refusé évidemment, » répond Emile faussement offusqué.

Avant qu'ils n'aient le temps de poursuivre leur conversation, Vivienne arrivait accompagnée de Mylène radieuse et apaisée.

« Je vois que ça n'a pas encore commencé.

– Nous vous avions gardé trois places. Qui est la troisième personne ?

– Elle gare la voiture.

– Il semblerait que ce soit fait, constate Lise avec bonheur. Je vois que vous vous êtes retrouvés.

– Les enfants, soyez attentifs, le spectacle commence ! »

La salle est plongée dans le noir. Lorsque la lumière revient, Lise, le sourire aux lèvres, voit Mylène et Antoine échanger un baiser tandis qu'Emile tient sa main dans la sienne.

Notes de l'auteure

Tous les personnages sont fictifs sauf ceux pour lesquels une référence est indiquée et les situations sont sorties de l'imagination de l'auteure au même titre que le PAPE-LARE.

PAPE pour la cité des papes, Avignon

LARE parce que Dieu du foyer, en effet le fondateur du journal exerçait chez lui quand il a débuté sa carrière, au milieu de ses frères et sœurs, avec ses parents.

De plus, le Pape représente le Dieu des catholiques donc associer un Dieu et le Pape pour en faire un jeu de mots, « PAPE-LARE » en référence à papelard, lui semblait s'apparenter à de l'humour, de l'autodérision, pour un journal s'était parfait.

Le village de Tintouin a été créé de toutes pièces par l'auteure qui l'a volontairement situé dans ce petit bout de Vaucluse enclavé dans la Drôme.

Les lieux cités au chapitre « un cabaret, un musée, une bibliothèque » existent et ne servent que de décor à l'intrigue.

LE BONHEUR DE CE MONDE

Sonnet de Christophe Plantin, écrit et imprimé pour la première fois en 1575

Avoir une maiſon commode, propre & belle,
Un jardin tapiſſé d'eſpaliers odorans,
Des fruits, d'excellent vin, peu de train, peu d'enfans,
Poſſéder ſeul, ſans bruit, une femme fidèle.

N'avoir dettes, amour, ni procès, ni querelle,
Ni partage à faire avecque ſes parens,
ſe contenter de peu, n'eſpérer rien des Grands,
Régler tous ſes deſſeins ſur un juſte modèle.

Vivre avecque franchiſe& ſans ambition,
ſ'adonner ſans ſcrupule à la dévotion,
Domter ſes paſſions,les rendre obéiſſantes.

Conſerver l'eſprit libre,&le jugement fort,
Dire ſon Chapelet en cultivant ſes entes,
Ceſt attendre chez ſoi bien doucement la mort.

Si vous visitez le musée Plantin – Morétus à Anvers, vous pourrez sans doute, comme l'auteure, assister à l'impression de ce document, peut-être même y participer et l'emmener avec vous.

Remerciements et contact

Je remercie Mélody Rock et mon mari pour leur première lecture et leurs encouragements,

Je remercie mes amies Denise et Elodie pour leur soutien, leurs critiques toujours constructives et stimulantes,

Je remercie mon fils pour la page de couverture entre autres,

Je remercie ma fille pour ses lectures entre autres,

Je remercie tous mes lecteurs et lectrices sans lesquelles, je le répète, je ne saurais être écrivaine.

N'hésitez pas à me contacter

catlainekitten@gmail.com

et/ou à rédiger un avis sur Amazon.

www.ingramcontent.com/pod-product-compliance
Lightning Source LLC
Chambersburg PA
CBHW061531120726
48001CB00004B/1485